——谨以此书纪念成昆铁路通车 50 周年

战 成 昆

杨 环 主编

四川大学出版社

图书在版编目（CIP）数据

战成昆 / 杨环著. — 2版. — 成都：四川大学出
版社，2024.3
ISBN 978-7-5690-6593-0

Ⅰ．①战… Ⅱ．①杨… Ⅲ．①纪实小说－中国－当代
Ⅳ．① I247.5

中国国家版本馆 CIP 数据核字 (2024) 第 029334 号

书　　名：战成昆
　　　　　Zhan Cheng-Kun
著　　者：杨　环

选题策划：蒋姗姗
责任编辑：刘　畅　王小碧
责任校对：廖仁龙
装帧设计：成都惟文文化传播有限公司
责任印制：王　炜

出版发行：四川大学出版社有限责任公司
　　　　　地址：成都市一环路南一段 24 号（610065）
　　　　　电话：(028) 85408311（发行部）、85400276（总编室）
　　　　　电子邮箱：scupress@vip.163.com
　　　　　网址：https://press.scu.edu.cn
印前制作：成都惟文文化传播有限公司
印刷装订：四川华龙印务有限公司

成品尺寸：170mm×240mm
印　　张：12.75
字　　数：178 千字

版　　次：2020 年 7 月 第 1 版
　　　　　2024 年 3 月 第 2 版
印　　次：2024 年 3 月 第 1 次印刷
定　　价：62.00 元

本社图书如有印装质量问题，请联系发行部调换

扫码获取数字资源

四川大学出版社
微信公众号

序

什么是成昆铁路？

它是一条起于四川省成都市，止于云南省昆明市，在崇山峻岭中蜿蜒千里的山区铁路。

它是一个50年前，中国人民用卓越的才智和辛劳的汗水创造的人间奇迹。

它是一条千千万万铁路人用生命和奉献铸造的世纪丰碑。

成昆铁路是一座世纪工程

成昆铁路全线长1096公里，从海拔500米左右的成都平原起，逆大渡河、牛日河而上，穿越海拔2280米的沙马拉达隧道，沿孙水河、安宁河、雅砻江，延伸至海拔1000米左右的金沙江峡谷，再溯龙川江上行至海拔1900米左右的滇中高原，有500多公里区段位于地震烈度7度至9度的地区，沿线山势陡峭、奇峰耸立、深涧密布、沟壑纵横，地形和地质极为复杂，素有"地质博物馆"之称，曾被外国专家断定为"修路禁区"。

成昆铁路于1954年开始设计，待1956年至1957年勘测队确定西线方案后，中国铁路版图上空前规模的勘察设计工作迅速展开。

成昆铁路的修建团队先后勘测过11000公里，比较过300多个方案，地质钻探累计达210000多米。自1964年起，关村坝、沙马拉达等重点工程相继开工。

1970 年 7 月 1 日，成昆铁路在礼州接轨，全线建成通车，10 万军民在西昌举行了盛大的庆祝典礼。

成昆铁路的修建大军包括原铁道部西南铁路工程局大桥局，电务工程总队原铁道兵统率第一师、第五师、第七师、第八师、第十师，工程直属机械团汽车团及民工。高峰时，有 40 多万人在这片崇山峻岭间逢山开路、遇水架桥，最终缔造了让世界为之惊叹的工程奇迹。

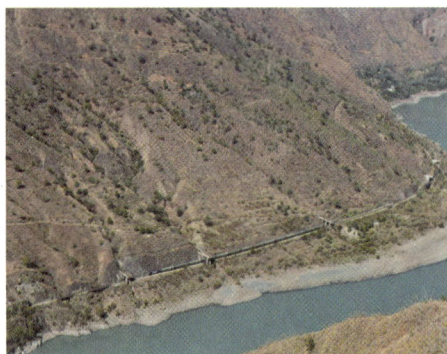

成昆铁路是一种民族精神

建成昆难，守成昆更难。在这样险恶和严峻的自然条件下"治山斗水保畅通"的成昆精神，被成昆铁路的守护者提炼出来，传承下去。现在"治山斗水保畅通"的老成昆精神被具象、丰富为"坚守、实干、创新、争先"的新成昆精神。

这种精神是他们一次次面对自然灾害、一次次奋力排险的工作动力，正是在这种精神的激励下，成昆铁路上涌现了许多可歌可泣、令人难忘的英雄事迹。

1970 年 10 月，成昆铁路通车仅 3 个月，原乌斯河工务段便组建了铁路系统独一无二的"孤石危岩整治队"，他们每天扛着几十斤重的铁锤、水泥、河沙，揪着荒草、抓着垂藤，在荆棘丛生的悬崖陡坡上查危石、除险情。

1974 年，整治队第一任工长白清芝在安设天梯作业时，因保险绳被锋利的岩石磨断而不幸坠下悬崖，牺牲了。不久，队内公认的技术骨干戴启宽接过"接力棒"成为整治队第二任工长。如今这支"孤石危岩整治队"已更迭 4 代，他们的身影依然穿行于成昆铁路贯穿的崇山峻岭间。

1981 年 7 月 9 日凌晨 1 时 41 分，王明儒驾驶着从格里坪开往成都的 442 次列车，列车转过奶奶包隧道曲线后，机车前灯照耀下的护路房倒塌了，钢轨不见反光……司机王明儒用生命拉下了最后一道闸，才使 8 号车厢在未断的一孔桥梁上停了下来，7 至 1 号车厢安全停在隧道内从而保全了千余名旅客的生命安全。而王明儒从搦闸到列车安全停稳只用了短短 6 秒。

成昆铁路 K246 防洪看守点——章显容防洪看守点，是一个由 4 名女职工值守的看守点，也是西昌工电段唯一以女职工姓名命名的防洪看守点。章显容看守危崖 20 多年，在漫长的岁月中，她把自己的青春奉献给了大山，把自己的人生融入危崖下穿行的铁路。

如今"坚守、实干、创新、争先"的新成昆精神已经深入每一个成昆人心中，这不仅是一代又一代成昆人的历史传承，更是一代又一代成昆人无私奉献的精神动力。

成昆铁路是一条发展之路

成昆铁路纵贯川滇两省，覆盖范围达 13 万多平方公里，这里的地理位置得天独厚，是一片富饶美丽的锦绣山河：位于川西平原的成都至峨眉段沃野千里，素有川西粮仓之称；西昌地区以及元谋至昆明一带是蔬菜、粮食、经济作物的盛产区；成昆铁路沿线有丰富的煤、铁、铜、钛等多种矿产资源。然而成昆铁路沿线特别是大凉山地区，高山耸峙，绵延起伏，深谷激流，纵横交错，北有大渡河惊涛为屏，南有金沙江激岸为障，历史上交通极为闭塞不便，社会经济发展严重落后。

成昆铁路建成通车 50 年来为四川、云南的资源开发、商品流通、工农业经济发展，特别是脱贫攻坚做出了巨大贡献。成昆铁路是四川省凉山彝族自治州和攀枝花地区旅客、物资的出川通道，同时也是惠农"绿色通道"，有效带动了铁路辐射区内的农副业经济增长。

近年来，凉山州的洋葱、马铃薯、卷心菜等蔬菜乘火车前往东北、西北、华东等地，有些还出口到俄罗斯和印度等国。依托铁路运输，攀钢、重钢等大中型企业扩建、扩能，锦屏水电站等国家重点项目工程如期完成。每年有数百万吨物资通过成昆铁路源源不断地运出大山，全国各地的钢铁、化肥、成品油等大宗货物也通过该铁路运入四川、云南省内。那些在西昌卫星发射基地升空的卫星，又有哪一颗没有领略过成昆铁路的蜿蜒曲折呢？

如今，成昆铁路复线正在如火如荼地建设中。其中，成都至峨眉段、攀枝花至永仁段、永仁至广通段、广通至昆明段已经建成通车，沿线地区进入动车时代。我们相信，随着峨眉到米易段、米易至攀枝花段的通车，成昆铁路必将在经济社会发展中绽放出更加耀眼的光芒。

（转载自公众号《成铁微家园》2020 年）

目　录

第三章 深切缅怀

第四章 歌以咏志

轻吟

赞歌

第一章　峥嵘岁月

无疑，成昆铁路是中华人民共和国筑路史上最令人瞩目的铁路之一，承载了那么多的荣光，那么多的悲壮。

这是一条让世界惊叹的铁路杰作，这是一条用血肉铸成的钢铁之路。铁路建设过程中，平均每一公里就有一至两名捐躯者。在铁与血之上，飘扬着战天斗地、不畏牺牲的革命英雄主义旗帜。

迎难而上，众志成城

——记成昆铁路的建设

顾秀

成昆铁路是横跨我国西南山区的一条交通大动脉，是我国西部开发迈出的第一步。成昆铁路的建成是人类征服自然的一个不朽杰作。

铁道兵在党中央、毛泽东同志的号召下，发扬了难不住、不屈不挠、艰苦奋斗、开拓奋进的奉献精神，战胜重重困难，创造了铁路建设史上一座座丰碑，为我国的国防、工业建设做出了人民子弟兵向祖国母亲应做的赤诚奉献。

成昆铁路——人类征服自然的又一不朽杰作

成昆铁路的修建是中国铁路史上的一个壮举，也是中国人的骄傲。它向全世界展示了中国人民无穷的智慧和艰苦奋斗的精神，也让世人看到了当代中国人在征服自然中所做出的杰出成就。

早在19世纪末，美、英、法等国都曾有过修建成昆铁路的设想，有的还到实地进行过勘察，但最终都只能对这"地质博物馆"扼腕兴叹。20世纪50年代初，很多外国专家预言：这条铁路线不能修，修好了，也会垮掉，这里的地质结构太复杂，新构造活动太强烈，修建好的铁路10年后将是一堆废铁！

1952年，国家有关部门开始着手研究成昆铁路的走向，逐步勘测了东、中、西三线，制订了三条线路的比较方案，并最终确定采用西

线方案。

　　成昆铁路全长 1096 公里，横跨大渡河、金沙江，穿过大小凉山和横断山脉，沿线地势险峻，地质结构极为复杂，气候多变，工程量巨大。广大铁道兵指战员和铁路职工、民兵凿穿了几百座大山，开挖隧道 441 条，共计长达 352 公里，架设大、中桥 692 座，总长 90 公里，共挖了 8000 多万立方米土石，如果将这些土石堆成 1 米宽、1 米高的长堤，长度可以绕地球两圈。铁路盘山展线，迂回重叠，工程之艰巨，在世界铁路建设史上是罕见的。成昆线经过的有些地方连找一片平地作为车站都很困难，不得不把 34 个车站建在桥梁上或隧道里。铁路沿线地质结构异常复杂，其中有 240 公里长的地方散布着泥石流沟、溶洞、暗河、断层、流沙、岩瀑等不适宜施工的地质结构，给施工带来重重困难和灾难，但英勇善战的广大筑路大军却在这样的条件下创造了人间奇迹。

　　铁路线从成都出发，穿过川西大平原上，跨过岷江、青衣江，直抵气势雄伟的峨眉山麓，沿着汹涌咆哮的大渡河前进。其间经过了高达 200 米的绝壁和上是青天一线、下无立足之地的"一线天"。为了跨越这种"对面能说话，相会得几日"的阻碍，铁道兵修建了我国铁路最大跨度的"一线天"石拱桥。铁路跨大渡河以后，进入大小凉山。从金口河到埃岱路程58公里，其中隧道就有44公里，人们称这里是大渡河畔、牛日河边的"地下铁道"。从甘洛到喜德，铁路要穿越岷江与雅砻江的分水岭，加上这一带常常发生山坡坍滑，因此，在120公里地段内，铁道兵4次盘山展线，13次跨牛日河，修建了66公里的隧道和10公里桥梁，绕了50公里才爬到海拔2320米的制高点，修建了6379米长的沙木拉达隧道，横穿分水岭。

从喜德开始，铁路四次跨越孙水河，进入横断山脉的安宁河谷，由于两岸有不少泥石流沟等不良地质，在修筑铁路时，只好辗转折返8次跨越安宁河。从喜德到元谋的300多公里位于裂度7至9度的地震区。西昌和拉鲊是两个地震中心，因此这段线路都采取了7级防震的措施。铁路经过地势陡峻的雅砻江峡谷，在29公里的线路中，隧道、桥梁就有22公里。从三堆子往南有我国最大跨度的金沙江大桥，这里山陡坡急，有崩坍落石和泥石流，有风尘滚滚的"万丈飞沙"，有出入无路、寸步难行的"一步苦"。浩浩江水冰冰刺骨，两岸沙滩夏季气温高达50摄氏度。从迤资到红江的59公里铁路中，桥梁、隧道就占44公里。值得自豪的是，新中国科技事业的飞速发展，铁道兵英雄善战、创造人间奇迹的大无畏精神，有力驳斥了外国专家曾说这里是"不能修铁路"的"修路禁区"的错误预言。

从一平浪到禄丰，经过高山峡谷，在20公里铁路中桥梁、隧道就有16公里。铁路跨过普渡河，穿过碧鸡关隧道，通过滇池湖畔的淤泥地区，到达西南重镇云南省首府昆明。

誓将天堑变通途　群雄会战成昆路

在毛泽东同志"三线建设要抓紧""成昆铁路要快修"的伟大号召下，以及"机不可失、时不再来""内地建设不好，我一天也睡不好觉"的坚强决心的鼓舞下，广大指战员和铁路职工高举毛泽东思想伟大旗帜，沿着当年红军长征的道路，从祖国的大江南北日夜兼程投入这场气壮山河的大会战中。当时参加成昆铁路修建工程的有铁道兵党委，机关组建的西南铁路修建指挥部，党委与指挥部统率第一师、第五师、第七师、第八师、第十师共五个师以及机械、汽车、舟桥修理、电力、通信等专业技术团、处，后勤保障部队，还有铁道部第二工程局及广大民兵、民工。

成昆铁路穿越万水千山，沿线很多地方都是高耸入云的悬崖峭壁和险山恶水。修建这条铁路，面对险关道道、困难重重。广大指战员和铁路职工响亮地回应："没有困难在我眼下，没有艰险使我害怕，为了三线建设，铁山也要把它熔化。"他们每到一地，不论条件如何，始终发扬我军艰苦奋斗的优良传统，坚持"先生产后生活"的原则，没有条件便创造条件，不顾一切艰难险阻，立即投入施工。

第二铁路设计院的勘测设计者们在自然条件相当恶劣、环境十分艰苦的情况下，攀悬崖、过索道、跋山涉水，测量钻探，勘测了11000多公里线路，相当于成昆线全长的10倍。为了摸清地质情况，他们共钻探了210000多米地层，相当于钻透了24座珠穆朗玛峰。公路没修通，就肩挑人抬，把机具、材料、帐篷送到工地；大机械搬不动，就化整为零一件件扛上山。他们发扬了大无畏的革命精神，在号称水上"禁区"的金沙江上，开辟了一条新航道，把大批建设物资抢运到施工现场。

广大指战员和铁路职工充分调动每个人的聪明才智及艰苦奋斗的精神，取得了一个又一个的突破。以"天高我敢攀，地厚我敢钻，险山恶水听调遣，英雄面前无难关"的豪迈气概，披荆斩棘、餐风饮露，架起了一条条通信和电力线路，铺设了一条条管道。机械分队的同志腰系绳索、攀登悬崖、艰苦奋斗、连续作业，攻克了一个又一个的难关。在"气死猴子吓跑鹰，悬崖陡壁无路行"的高山顶上，铁二局的职工们搭起了悬空的施工便桥，他们说："木桥架上天，桥在云雾间。上班天上走，越走心越宽。"

在隧道施工中，施工队常常会遇到一捅就塌的"烂摊子"、山泉暴涌的"水帘洞"、四五十度高温的"火焰山"。有的隧道每施工前进一米，就塌方一次，还有的隧道昼夜涌水达一万多吨。广大指战员和铁路职工发扬了一不怕苦、二不怕死的革命精神，抢塌方、治涌水、堵流沙、战岩爆，越战越顽强。

在桥梁工地施工时，战士们迎着酷暑登高作业，冒着严寒下水开挖桥基，在激流险滩上架起了一座座桥梁。

施工中，运输任务十分繁重。汽车分队的同志们说："时间紧，我们抢；任务重，我们担；道路险，我们闯。"为了把大批建筑施工材料抢运到工地，他们争分夺秒、日夜奔驰在盘山险道上。为了加速施工进度，广大指战员和铁路职工迎着困难上。他们说："不怕没设备，就怕没志气。一颗红心两只手，自力更生样样有。"为了节约水泥和运输力，他们因地制宜、就地取材，用石头代水泥砌桥墩、修隧道；用河里的鹅卵石砌成坚固的洞门和挡墙；还利用隧道炸下来的石渣、石粉打"混渣混凝土"……同时，在紧张艰苦的施工中，指战员和职工们还遵照毛泽东同志"五七指示"，发扬艰苦奋斗的光荣传统，在山脚岩边、沙滩河畔，移土造田，大搞农业生产，大大减轻了人民负担，改善了部队生活。

成昆铁路是一条远期电气化、设计先进、年运量达1400万吨的现代化铁路，在施工过程中，建设者们不仅要战胜险山恶水和溶洞、暗河、断层、流沙、岩爆、泥石流，还要学习掌握铁路修建中的一些高难、精密、尖端的技术。广大指战员和铁路职工遵照毛泽东同志的指示，从"战争"中学习"战争"，从修路中学习修路，开办"工地大学"，培养技术骨干队伍。在施工中遇到困难时，大家像过去打仗一样，组织群众研究讨论，召开经验交流会，大家出主意、想办法，充分发挥了人的积极性和创造性，克服了一个又一个困难。

例如，具有世界先进水平的迎水河大桥，桥高90米，跨度112米，用高强度螺栓和电焊的方式连接组成，连接误差不能超过2毫米。铁道兵指战员在修建这座大桥时，虚心向技术人员和老工人学习请教，勇敢地上桥作业，精心施工，结果提前41天高质量地建成了这座大桥。又如，大桥局负责修建的金沙江大桥是成昆铁路中极为重要的一段，也是当时我国跨度最大的桥梁，其中最大的孔长192米。在施工中，大桥局职工首创了空心桥墩钢模板。这种新设备可以抽动升高，连续不断地灌注混凝土，大大节约了人力和物资，缩短了建桥时间。

铁二局职工负责修建的"一线天"铁路石拱桥，跨度54米，是我国最大跨度的石拱桥，比我国古老的河北赵州桥（跨度37.02米）的跨度还要长16.98米。铁二局职工们积极开动脑筋，克服难关，成功地修建起了这座铁路石拱桥。由他们钻通的沙木拉达隧道，全长 6379 米，是我国当时已通车铁路中最长的隧道。在施工中，大家你追我赶，高速度、高质量地完成了一个又一个艰巨的任务。指战员们在官村坝隧道创造单口月成洞 100 米的纪录后，新的纪录不断涌现，后来在莲地隧道的施工中，还创造了双口月成洞 1003 米的最高纪录。

铁道兵——成昆铁路建设者的楷模

铁道兵是党领导下的一支具有光荣传统的部队。解放战争时期，铁道兵转战南北，奋勇抢修，为全国人民的解放事业铺下一条条通向胜利的道路。抗美援朝战争中，铁道兵以高度的爱国主义、国际主义和大无畏的英雄气概建造了"打不断，炸不烂"的钢铁运输线。和平建设时期，铁道兵们风餐露宿、栉风沐雨，先后建成黎湛、鹰厦、包兰、贵昆、成昆、襄渝、京原、京通、青藏、南疆、嫩林、通霍、兖石、大秦等 19 条铁路干线、42 条支线和海南岛环岛铁路，共计 13000 余公里，占全国新建铁路三分之一以上，架设桥梁 455 公里，开挖隧道 913 公里。另外，铁道兵还修建了大量公路、机场、地下铁道、水利电力、通讯、信号工程以及 800 多万平方米的工业与民用建筑，为保卫国防、发展国民经济做出了重要贡献。

在成昆线的修建中，铁道兵同样发扬了优良传统，全身心地投入建设中。修建成昆线的工程非常艰难，多少名山大川横卧其间，北有大渡河，南有金沙江，还有大小凉山和横断山脉；地震带、岩爆区、胶泥漂……造物主仿佛把地

球上各种地质构造都汇集于此，所以才有"地质博物馆"之称。它在考验人们的勇敢、毅力、胆略、自我牺牲精神和不屈不挠的意志。同时，它也在召唤革命闯将、科学天才、技术巨匠，特别是千千万万为党为民、赤胆忠诚、英雄善战的筑路大军，借这个宏大的舞台，创造出铁路建筑史上前所未有的丰碑。

在这个宏大的大会战中，广大铁道兵指战员，在艰难困苦的环境中，以炸不断、难不住、不屈不挠、艰苦奋斗、开拓向前的奉献精神，克服了重重艰难险阻，谱写了一曲曲胜利的凯歌，唱响了一曲又一曲可歌可泣的英雄赞歌。

铁道兵第一师1团英雄杨连弟生前所在连，坚决贯彻毛泽东同志的建军路线，用革命精神修桥。战士们豪迈地说："当年英雄杨连弟为解放全中国，登上了40多米高的陇海铁路八号大桥。今天，我们为了加强三线建设，登上高达60米的密马龙大桥。"他们以英雄为榜样，迎着激流在高空作业，战胜了几十年不遇的特大洪水，提前完成了建桥任务。

铁道兵第五师21团1连以临战的姿态铺轨架梁，同兄弟连队一起，在大村大桥工地创造了28小时架23.8米的14孔梁的全国架梁新纪录。接着铁道兵第五师21团3连在兄弟连队的配合下，架设牛坪子车站大桥。架桥时，连队之间科学组织、互相配合、密切协同、连续作战，架9孔23.8米的梁，平均每孔仅用85.5分钟，再创新成绩。

铁道兵第七师31团11连以"汗水融化千层岩，铁路挥舞万山开"的顽强意志，同兄弟连队并肩战斗，制服了昼夜涌水900吨的"水帘洞"，又快又好地打通了地质结构非常复杂的浮漂隧道。

铁道兵第八师通信工程连胸怀朝阳架银线，越是艰险越向前，征服了70多座大山，跨越了60多次江河，以超过平原架线的速度，提前完成了该师管区内的架线任务。

第二铁路设计院第三勘测设计队勘测金沙江8次，勘测枣子林7

次，设计师们精心设计，合理选线，减少隧道1000多米，节约投资300多万元。

铁道兵第十师49团，从茫茫戈壁到首都北京，又到西南崇山峻岭，环境变、条件变、人员变，然而艰苦奋斗、勤俭建库的作风不变。他们十二年如一日，风雨无阻，上桥进洞送料上门，处处为施工连队着想。

机械团修理连，席棚子底下"闹革命"，自制机械6台，革新机具50多项，生产44000多个机具和零件，为国家节约了大量资金。

这样的事例举不胜举。不仅如此，我们还有许多战士为了工程的进展和同志的安全，在艰苦卓绝的斗争中，不惜献出了自己的鲜血和宝贵的生命。

铁道兵第五师23团8连战士刘体民同志，在生死关头"关心他人，比关心自己重要"，为了让战友尽早脱险，自己被塌方乱石整整埋了80分钟，他说，他们不怕苦，是为了人民不受苦；他们不怕死，是为了人民得幸福。

汽车团副连长罗道彬同志在投弹场上，奋不顾身捡起新战士掷在其身边即将爆炸的手榴弹，扔出危险区，保护了在场30多名指战员的生命。

铁道兵第一师4团副连长张弟裕烈士，在一次山体移动发生严重塌方时，为了抢救战友而掉进了陷坑，同志们来救他时，他毅然叫战友撤离危险区，他说："不要管我，要保存力量，继续抢通成昆线，让毛主席放心！"

他们中有些同志虽然因公致残，甚至与世长辞了，但他们的光辉业绩和奉献精神却永远地留在我们的心中。

虽然现在已撤销了铁道兵的编制，几十万人马离开了人民解放军的系列，像威武整齐的雁群，飞向了新的天地，但是他们的劳动成果永远留在了那里，他们的英雄事迹也将永远激励人们。正如作家冯复加写的那样，他们走了，远去了，留给人们的是晶莹光洁的隧洞、巍峨壮丽的桥梁、金碧辉煌的车站，是一条条宽广坦荡的胜利之路、和平之路、幸福之路。他们的崇高形象，连同他们的业绩，深深地印刻在高山大河的记忆之中，印刻在亿万人民的心中。

成昆铁路——攀枝花建设的命脉

成昆铁路北起成都、南至昆明，纵贯四川、云南两省 7 个市、地、州和 25 个县，北与宝成铁路、成渝铁路接轨，南与贵昆铁路、昆河铁路相连，是成都、渡口、昆明、贵阳、重庆这个运输环形圈中不可缺少的一环，是联系我国西南地区云、贵、川三省各大城市的运输大动脉，它对加速社会主义建设，巩固国防，开发外向型经济都具有重要意义。

而尤为重要的是，成昆铁路对攀枝花钢铁基地的建设起到举足轻重的作用，成昆铁路渡口支线就是为攀枝花修的。攀枝花是我国一块得天独厚的宝地，这里有丰富的矿产资源，已探明的钒钛磁铁矿储量为 96.46 亿吨，远景储量高达 240 亿吨，五氧化二钒占全国储量的 80%以上，二氧化钛占全国储量的 90% 以上。矿石中共生有镍、钴等二十几种有用元素。攀枝花境内有丰富的水能资源，仅雅砻江上的二滩就已建成装机 360 万千瓦的电站。攀枝花还有比较丰富的森林资源，具有发展立体农业，如种植甘蔗等各种亚热带水果，培育紫胶、油桐等经济作物的有利条件。

由于地理上的优越性，攀枝花已经成为我国西南最大的钢铁基地，已经形成的年生产能力是铁矿采矿 650 万吨、选矿 1350 万吨，生产铁 160~170 万吨，钢 150 万吨，钢材 110 万吨，原煤 337 万吨，水泥 36.9 万吨。发电机容量达 28.6 千瓦，机械、轻化、食品等工业也初步建立起来了，钢、钢材、煤、电、水泥等主要工业产品的产量在 1980 年已经超过设计产能。地方工业也由小到大迅速发展起来。随着工业建设的发展，一个新型的工业城市呈现在川滇边境。攀枝花工业基地的建设，带动了周围农村经济的发展。

开发建设攀枝花，对发展国民经济，推进"四化建设"具有重要意义。攀枝花从建设初期到 1984 年，已为国家提供生铁 1883 万吨、钢 1333 万吨、钢材 714 万吨、原煤 4620 万吨和其他大量的工业产品，对国家拓展海外市场有很大助力。攀枝花的合金钢、重轨、钒渣等产品还远销海外，为国家换回了外汇。随着攀枝花钢铁二期工程和二滩水电站的建设，攀枝花将成为更加重要的钢铁、钒、钛能源基地，对我国的"四化建设"发挥了更巨大的作用。

从国防建设来说，建设攀枝花也具有十分重要的战略意义。钢铁是国防实力的重要基础；钒是冶炼军用合金钢的重要元素；钛是第二次世界大战后逐渐被广泛运用的重要战略金属，在航天、航空、航海等领域具有广泛的用途。因此，攀枝花在国家经济建设、国防建设上具有重要的战略地位，它承担着和平时期支援国家重点建设、战争时期支援前线的光荣任务。

攀枝花的重要性使得渡口支线成为成昆线中最为重要的一段，它是攀枝花建设的命脉。它从成昆铁路上的牛坪子、三堆子两站分头出岔，通过"人"字形的青龙山隧道，横跨雅砻江大桥后，沿金沙江蜿蜒向西，绕行于群山峡谷之间，把金江车站和朱家包包、兰家火山、尖包包三座钒钛磁铁矿山，以及弄弄坪攀钢冶炼厂、扎制大型钢厂、格里坪和河门口两地的煤炭、电力、木材、石灰石矿区巧妙地联系在一起，成为百里钢城进料、冶炼、出材和经济、文化建设的神经和动脉。

1969 年，渡口市革命委员会的领导徐驰和白良玉等同志到米易县铁道兵第五师驻地看望部队，他们代表"市革委会"和全市人民向铁道兵第一师全体指战员表示慰问，徐驰说："铁道兵第五师领导和全体官兵遵照军委和铁道兵的命令，从贵昆铁路、中尼公路转入三线建设的成昆铁路、渡口支线及攀枝花建设 4 年来，你们住在高山峡谷之间，住在雅砻江、金沙江畔，在这偏僻落后、人烟稀少的山区安营扎寨、开山筑路，凭着对党和人民的无限忠诚，凭着你们艰苦奋斗、英勇顽强、不屈不挠的意志，凭着你们一不怕苦、二不怕死和苦干、实干加巧干的精神，战胜了生活上和施工中的重重困难，在攀枝花钢铁基地的建设中，在成昆线、渡口支线的建设中取得了决定性的胜利。我代表'市

铁道兵第五师科团级以上干部在天安门前合影　四排右九为作者（1968 年 8 月 11 日）

革委会'和全市人民，向你们祝贺，并希望你们乘胜前进，再接再厉，在明年实现成昆线和渡口支线胜利接轨通车，支援'攀钢'顺利出铁的宏伟部署。"

接着，他说："'攀钢'要出铁，需要密地的精矿粉、河门口的煤，两地相距几十公里，光靠汽车运输是不行的，这就要渡口支线把铁矿、煤炭和钢铁厂像一串糖葫芦一样连接起来；同时，要按设计要求采煤、采矿、炼铁、炼钢，还需要有大量的大型机件，汽车装不下、拉不动，还得靠成昆铁路和渡口支线从外面运进来；今后攀枝花的钢铁、矿藏、煤炭、水泥等大量的工业产品也要靠渡口支线、成昆铁路运出去。成昆铁路、渡口支线对攀枝花的建设和今后的发展是至关重要的，可以说是攀枝花的生存线、发展线、胜利线。攀枝花要建设，'攀钢'要出铁，你们的任务很重要、很关键、很光荣，希望我们更加团结，顽强进取，为共同实现毛泽东同志的伟大战略部署而努力奋斗。祝明年

成昆铁路、渡口支线顺利通车，支援'攀钢'顺利出铁。"

渡口支线建设——铁道兵第五师永恒的丰碑

铁道兵第五师按照中央军委和铁道兵的指示，于 1965 年完成贵昆铁路建设后，立即转入成昆铁路和渡口支线，以及攀枝花钢铁基地的建设中，在 1973 年圆满完成任务。

当时铁道兵第五师有 40000 多人，在施工过程中，组织了四川乐至县的轮换工和渡口九附三信箱、川交九处和五一二林场等 13000 人投入施工，后来又组织了凉山彝族自治州民兵 1000 多人，军民共约 63000 多人投入渡口工业区的铁路建设。由于工期紧迫，任务量大，1969 年 4 月铁道兵请示中央军委批准，抽调铁道兵第八师 36 团 5 个营和 38 团 4 个营配合铁道兵第五师施工。大家战胜了重重困难，保证了"米三"段和渡口支线在 1970 年 6 月 21 日建成通车，有力地支援了攀枝花钢铁厂在 1970 年 7 月 1 日及时出铁，并于 1971 年底基本完成渡口工业区的铁路专用线工程。

在渡口的 8 年建设时间中，铁道兵第五师先后完成了"两线""三片""一厂"的铁路工程，任务相当繁重而艰巨。

"两线"是指成昆线米易至三堆子段和渡口支线的全部工程，以及渡口支线、成昆线礼州至金江段的铺轨架梁任务。"米三"全段于 1970 年 3 月 10 日完成铺轨通车，渡口支线全段于 1970 年 6 月 20 日完成铺轨通车。

"三片"的第一片是河门口、格里坪地区 6 条专用线，共长 9.15 公里，是为攀枝花钢铁厂输送精煤矿、石灰石等原材料的重要铁路；第二片是弄弄坪地区的 8 条专用线，是直接为钢铁生产服务的运输动脉，8 条专用线共长 35 公里；第三片是朱家包包矿区铁路专用线，共长 46 公里。上述三片共 16 个项目，铁路线长 90.5 公里。

"一厂"指建设年产量为 65000 千吨的烂泥田耐火材料厂，主要工程有 100 万立方米的土石方工程、横长 500 米的涵洞工程，以及房屋、主窑、砖窑等工程共需约 80 万工天。

铁道兵第五师参加修建成昆铁路"米三"段和渡口支线及厂区矿区专用线，完成的任务是宏大而光荣的。

今天回忆起来，铁道兵第五师当时在修建成昆线"米三"段、渡口支线和攀枝花工业区铁路时，感到任务很艰巨，环境很艰苦。但这是党和国家交给铁道兵第五师的任务，我们又觉得任务很光荣。光荣感、自豪感、责任感使大家发挥出了最大的潜力。越是艰险越光荣，越是困难越向前。大家争分夺秒，和时间赛跑。"时间就是胜利，就是生命"。抓住时间，就是对党和人民的忠诚，铁道兵第五师从上到下，都勇敢地面向困难、正视困难，迎难而上。在这种英雄气概面前，指战员和职工们所向披靡、无坚不摧、攻无不克。

一个会议，一项决定，一声令下，铁道兵第五师从毛泽东同志的战略部署的全局及整体利益的高度理解、考虑问题，不管遇到多大的困难，都坚决贯彻执行。有事坚持请示报告，对上对下一条心，没有半点虚情假意，所以再大的困难、挫折都没有什么可怕的，越是困难越团结一心、众志成城、相互体谅、互相支持、团结互助、共同前进，而这正是铁道兵第五师多快好省地完成艰巨任务的保障。

35 年前的攀枝花，和现在的新兴钢铁城相比，真是有天壤之别。铁道兵第五师初来时，甸沙关到米易仅有一条简易公路，米易至渡口的公路还没有修通。修铁路得先修公路，粗通的公路下雨泥泞、晴天扬灰，同志们叫它"扬灰路"。部队里多数战士是从云南的宣威和贵州的威宁高寒山区转过来的，一来就被热得受不了。师部设在米易县的山包上，抽水机没有安好，只得到安宁河去挑水，光炊事员挑还不够，机关干部都去帮着挑，但水还是严重不够用，别说洗澡，就是洗脸也够呛。那时的日子太苦了，那真是"天是罗帐地是床，金沙江边运水忙""白天太阳烤，黄昏蚊虫咬"。当时的指导原则是"先生产后生活"，部队一到达工地，休整两三天后就要开始施工作业，只要一开始正常投产，大家也就顾不上生活了，住房也是简易的"干打垒""席棚子"。当时接待中央首长的地方也都是"干打垒"。吃的也得不到保障，这里很难买到肉和蔬菜，几万人的部队，吃菜吃肉都非常困难。

诸葛亮当年曾把这里称为"不毛之地"，我们来时，这里能见到的只有荒山秃岭。在这个人烟稀少、交通不便的地方，人们都过着自给自足的生活，根本没有人想过要喂猪、种菜去市场上卖。但修路施工属于重体力劳动，指战员和广大职工必须得吃饭、吃菜、吃肉。不得已，部队只有自己动手种菜、喂猪。的确，那时的部队真苦啊！但指战员毫无怨言，因为他们在经过了一系列的考验后，已经习惯了这样艰苦的生活。大家都是见困难就上，见荣誉就让，把方便留给同志，把困难留给自己。即便苦死、累死，在施工中光荣献身，大家也觉得是为"三线"建设而死，为人民最高利益而死，死得其所。这样的部队，这样的同志战友，怎么会不让人觉得可爱？有什么困难能阻止他们前进？有什么任务他们完不成呢？

那时干部、战士的待遇很低，战士一个月的津贴只有7到8元钱，一天伙食费5角钱，施工补助1角钱，进洞施工2角钱。但大家都任劳任怨，甘心为铁路建设贡献出自己的全部力量。这和当时重视思想政治教育是分不开的。当时，战士们时刻牢记"为人民服务"的宗旨及"三大纪律、八项注意"等纪律。战士们在伟大的"三线"建设中"过好三关"，锻炼成长，以无私无畏、为国为民、奋进开拓、勇于献身的精神投入紧张的施工。

正是这种精神使我们的部队在执行"两线、三片、一厂"工程任务中，涌现了许多振奋人心的事迹，取得了一项又一项重大的成就。1967年是特别令人振奋的一年。在毛泽东同志"鼓足干劲、力争上游、多快好省地建设社会主义"总路线的指引下，在上级党委的领导下，在人民群众大力支持下，全师指战员抓革命、促进度，克服了重重困难，全年完成隧道 20021 米、桥梁砖工 91730 立方米、挡墙砖工 59485 立方米、土石方 300 万立方米。

在隧道建设方面，铁道兵第五师在 1967 年有 10 个月连续每月突破 2000 米大关，最高月达 2265 米。这一年全师完成的任务，在当时铁道兵 15 个师中，是首屈一指的。直到部队改编前，没有一个师打破年建设 20 公里隧道的纪录。

1968 年 8 月 21 日，毛泽东同志、周恩来同志接见全军团级以上的干部，铁道兵第五师科团级以上的干部均参加。毛泽东同志、周恩来同志的接见极大地鼓舞了全军战士，大家坚决执行国家三线建设伟大战略部署，对于完成成昆线"七一"通车的指示充满信心。干部们回到米易后，师党委召开紧急会议，统一认识，采取有力措施，"狠抓革命，猛促生产"。

1968 年 10 月，铁道兵第五师司令部作训科科长王伯欣同志和参谋技术人员，从米易到三堆子再到格里坪逐个对每个营、每个重点工程进行考察，摸清工程数量并召开座谈会。经摸底了解后，部队制订了 1969 年的施工部署方案。经调整部署后，铁道兵第五师召开各种会议，再次掀起"抓革命、促生产"的新高潮，这使成昆铁路渡口支线 1970 年 7 月 1 日通车、攀钢 1970 年 7 月 1 日出铁有了切实的保证。这些经历，让我们深深体会到，没有安定团结的局面，是搞不成建设的。

铁道兵第五师在攀枝花建设国家的钢铁基地，得到了省、市地方的所有党政军领导机关和全体人民群众的热情拥戴，他们的高度信赖及无微不至的关怀，大大激发了全体指战员"热爱攀枝花、建设新钢城"的热情。

部队到攀枝花后，四川省市党、政、军领导和机关非常重视，及时向部队传达中央指示，经常让部队代表参加市委、市政府的会议，共同商讨施工建设大计。市政府也会在元旦、春节、"八一"等重要节日开展规模宏大的拥军爱民活动；平日里，市政府主要领导还亲自带文艺团体深入工地、营房慰问演出；此外，攀枝花篮球队也经常与部队组织友谊比赛。当部队施工对与厂矿方发生矛盾时，双方都能从全局出发，留困难，让方便，地方上处处支持部队施工。为了解决部队物质文化生活方面的需要，粮店、菜市、商业、邮电、书店、银行、理发、照相等服务行业常常是哪里部队多，哪里最偏僻，它们就置在那里。军爱民，民拥军，军民鱼水情的动人故事不少。"南瓜生鸡蛋""送菜不见人"的事层出不穷。

今天成昆线、渡口支线建成通车约40年了，到1984年底，攀枝花已向全国各地送去钢铁、原煤约650万吨，1980年后攀枝花铁、钢、原煤、矿粉的年生产能力已达到1157万吨的水平。攀枝花生产的工业产品大部分都要靠成昆铁路和渡口支线运往全国，同时攀枝花全体人民所需的生活用品，生产所需的物资机械、设备、器材、原料也需要靠成昆铁路和渡口支线从全国各地源源不断地运输到攀枝花来，加上建设工程造价80多亿的攀钢二期工程和二滩电站的建设所需的机械、设备、器材、物资的运量更是相当庞大。若没有成昆铁路和渡口支线，仅靠汽车难以完成这样大的运量。

（顾秀　《历程回望》2010年）

安宁河畔的枪声

夏建明

我出生在云南省宜良县狗街镇的一个农村家庭。我读小学的时候，国家正在最困难的时期，老百姓过着半饥半饱的生活，我饿着肚子熬过了童年。1964年，我上中学，而自1966年"文化大革命"开始，学校就基本停课了，而我也就停学了。

读书无门，不能学文，男儿当兵，立志报国，通过体检和政审，我参军的愿望实现了。1969年2月4日，宜良籍的应征青年离开故乡踏上了去红色大学校的征程，同年2月7日我们到达了四川省米易县丙谷公社新兵七连的集训地，这是我人生第一个转折点。经过严格的军事训练和部队首长的培养教育，我从一个普通青年成长为一名合格的军人。

新训结束后我被分到铁道兵第五师21团4营20连，在连队待了不久，我又接到通知到团政治处学习，其实是参加全团的广播员培训，由团电影组组长章玉泉教授大家扩音机的构造、工作原理、操作方法、简单修理及广播知识。学习结束后我就到4营营部广播室工作，从此开始了我的军旅历程。

我从1969年2月入伍至1975年3月退伍，其间参加过成昆线和南疆线的修建。几年的部队生活锻炼了我的意志，也使我增长了各方面的知识，使我受用一生。铁道兵不怕苦、不怕死的革命精神，激励我努力工作，当年革命烈士的感人事迹还在震撼着我的心，令我时常为之感动和赞叹！短短的一段军旅生涯就足以让我回味一生。我常常从梦中惊醒，揪心的还是安宁河畔的枪声。

沧桑的岁月，不断地牵出难忘的记忆，酸甜苦辣的故事就像发生在昨天。我们曾经有过欢歌笑语，也曾经有过悲痛和哭泣，40年前在军营经历过的往事，还时时在我脑海里浮现。当我们20连的几个战友——毕福亮、杨正、周申明、陈武星、李汝明有幸相聚在一起时，

都会深情地想起我们的老连长王世章（广西巴玛县人），怀念他让我们心情更加沉痛。

在修建成昆铁路时，铁道兵第五师21团4营驻扎在四川省米易县撒莲公社地界，负责江西山隧道工程的施工。为了早日修通成昆线，加速三线建设，同时也适应战备的需要，铁道兵战士正不分昼夜地施工，施工现场热火朝天，士气直冲云霄，然而就在这期间的一天夜晚，不幸的事情发生了。

一日深夜，几声对空点射的冲锋枪响，划破了安宁河畔宁静的夜空，沉睡的山村里传出一阵阵狂乱的狗叫声和鸡鸣声，把辛苦一天的人们从睡梦中惊醒，报警的枪声表示有异常的情况发生。不知向来平静的山间小坝子里发生了什么事？六七分钟后，20连司号员徐佑清气喘吁吁地跑到连部向指导员报告："连长、司务长和我三人在摆渡过安宁河时，连长和司务长被激流冲走了。"

那是1970年5月的一个星期天，20连的战士们如常在休息，少部分有事的同志请假外出到营房周边的集镇办事。撒莲街是离4营16连、17连、20连最近的集镇，离17连、20连驻地不到2公里。但安宁河从撒莲街和营房驻地中间穿流而过，把两地分隔成南北两边，外出赶集的同志必须坐渡船蹚过安宁河。20连的一个战士有事外出，不知

什么原因晚上还未归队，连长王世章与战士情深似手足，一种深深的责任感促使他要赶快找回自己的战士。在春夏之交的傍晚，借着夜幕尚未降临时的余晖，他带着司号员和代理司务长杨兴林到撒莲街去找这个战士，找了一段时间，并没有找到。于是，他们摆渡过河回连队，当船行到河中间时，船头突然被激流冲击改变了方向，随之船沉，人也落入水中。黑夜中三人只能游到对岸，当司号员和连长游到浅水处的时候，才发现杨兴林没有跟上。于是，他们回头呼喊杨兴林的名字，没有回声，只听见河中间扑通扑通的水声，蓦然间他们才反应过来杨兴林不会游泳，扑通扑通的水声肯定是杨兴林在水中乱抓乱打的声音。连长毫不犹豫地回身去救战友，当连长游到杨兴林身边时，被水呛得几乎昏迷的杨兴林抱住了连长，连长用尽全力想把杨兴林拉回岸边，但由于杨兴林死死抓住了连长的身躯，加之军衣吸饱水后又成了下沉的载荷物，最终因体力耗尽，两人慢慢地从河面上沉下去了，司号员看到险情发生，赶快拿起随身携带的"五六"式冲锋枪发射出求救信号。

营首长接到报告后，及时组织了抢救人员，制定了抢救的措施。通讯班也以最快的速度把通讯线放到安宁河边的摆渡场地，安装上了电话机。首长亲临现场指挥，寻找战友的捞救工作紧张有序地展开了，捞救情况的汇报声及上级首长的指示声不断地从电话机里送出、传进。搜救范围逐渐向下游延伸，直到第二天下午大家才把连长和杨兴林的尸体打捞上来。他们安详地躺在河边，带着对战友的深情。河畔，战友们流淌着泪水，低头默哀。

"为有牺牲多壮志，敢教日月换新天"的豪言就是对烈士的赞美。英烈的忠骨埋在陵园，但威武的英姿和慈祥的音容却永远藏在我心中。40年过去了，随着年岁的增长，光阴的流逝，我更加思念从军经历过的一切，更加怀念过去的战友。

（夏建明　《铁道兵情怀·记忆》2018 年）

碧海丹心战成昆

夏建明

2009 年 7 月 5 日，在昆明纪念铁道兵成立六十周年座谈会上，战友们唱起了"背上了那个行装，扛起那个枪……铁道兵战士志在四方"的军歌，高昂的歌声就像当年部队出发的军号。一首军歌令人精神振奋，心潮澎湃。重温昔日激情燃烧的艰苦岁月，回顾振奋人心的施工场景，多少年轻的战友长眠在陵园里和崇山峻岭之中，他们的业绩载入了中华人民共和国的史册，他们却永远离开了人间。再看看今天的幸存者，

大部分都已是花甲之年，有的年逾古稀。这些幸存者中，有的因公致伤、致残，有的在农村积劳成疾，身患重病。矽肺病、风湿病、胃癌、肝癌也成为铁道兵这一兵种的职业病。2007 年 7 月 26 日，云南省宜良县竹山乡团山的一位战友刘建勋（原铁道兵第五师 22 团战士）就死于矽肺病。

在和平时期，这支以建设为主的突击队，在没有硝烟的战场上，留下了许多惊心动

魄、感人至深的英勇事迹。

健儿展英姿，艰辛铸辉煌

1964 年 3 月至 4 月，刚修通贵昆铁路的铁道兵第一师、铁道兵第五师、铁道兵第七师、铁道兵第八师、铁道兵第十师，汗水未干就马不停蹄地奔赴成昆线，与他们得到同样任务的还有云南段铁道兵第一师、铁道兵第七师、铁道兵第八师，四川段铁道兵第五师、铁道兵第十师。那时成昆路沿线的便道都没修通，部队所需要的一切物资都是靠人背、肩扛、马驮。

汗水湿透了军衣，肩头磨起了老茧，丈量大地的双脚走烂了无数双胶鞋，不管是严冬还是酷暑，不管气候环境怎样恶劣，修路大军的决心和信心都未曾动摇。热火朝天的工地上，战士们依然用着从贵昆铁路带来的钢钎、大锤，拼命地干，白天头顶烈日与太阳争时间，晚上与马灯做伴挑灯夜战，夜以继日地紧张施工。刮风声、雨落声伴着铁锤击打钢钎的叮咚声，整个春夏秋冬从未停止过。钢钎和锤把磨破了战士们的双手，鲜血染红了十个指头，大锤把战士们的手臂练起结实的肌肉，大锤绕过头顶不停地击打着钢钎头，劳动的号子声在群山之中响亮地喊着，回震的余波传得很远很远……

为了争时间、抢进度，大家默默忍受着手掌破、腰杆酸、手臂痛，从不叫苦。有的战士不怕骄阳烤晒，脱掉军衣光着膀子干，晒脱皮变得黑亮黑亮的肌肤上粘着尘土，尘土吸着汗水，像泥浆溅到身上和脸上，若在脸上顺手抹把汗水，那模样是又脏又好笑。

苦和累没什么，铁道兵发扬的就是"一不怕苦，二不怕死"的革命精神。为了三线建设，为了人民的繁荣幸福，战士们甘愿吃苦。他们用自己坚强的意志排险奋战，早日修通成昆线是他们最大的愿望。

军民鱼水情，并肩解难关

修成昆线时仅驻在云南省元谋县境内的铁道兵就有 12 万人左右，

而元谋县全县人口只有 10 万人，修建大军的突然到来，给元谋县及周边人民带来了巨大的生活压力。当时，元谋县的生活物资非常紧缺，12 万铁道兵的吃菜问题尤为突出。许多战士因为蔬菜摄入不足，口腔溃疡反复发作并伴随眼睛干涩、大便难解……后勤部门虽也想了不少办法，如从上海调运脱水干菜，用汽车到姚安县、大姚县、昆明等地去拉，但终因路远、天热，待这些干菜被拉到部队，好的少烂的多，真的是杯水车薪，远水难解近渴。各单位的司务人员心里尤其焦急，深感对不起日夜艰苦施工的战友们，铁道兵第一师 3 团 3 营 12 连的司务长陈松山就是其中之一。

当地一位 70 多岁的好心老大爷看在眼里，急在心里。一天他主动找到陈松山说："陈司务长，你们要想解决部队吃菜难的问题，只有上鸡冠山，找山上的彝族同胞帮忙，他们山上蔬菜多。"陈松山听后，立即带着两名战士上山，在向导的引荐下结识了山上的彝族同胞。当他们知道现在上山来买菜的建路解放军就是当年从这里经过、渡过金沙江到四川去的红军的后代时，万分高兴。环州区的彝族区长李光荣

（汉名）当即与陈松山司务长结拜为兄弟，虔诚地立下了誓言："要比亲兄弟还要亲，要同生死，共患难。"真是前有刘伯承和小叶丹，后有陈松山和李光荣。昔日，红军司令刘伯承同志和彝族头人小叶丹结拜为兄弟。后来，小叶丹护送红军顺利通过大小凉山北上抗日，支持革命战争。李光荣和陈松山结拜为兄弟后，这位彝族兄弟就连续不断地组织人力、马帮运来大量的蔬菜和其他物资供给建路部队，支援祖国的铁路建设。同时，陈松山又相继联系了修路各单位管伙食的同志，去了傈僳族村寨的冷水箐、二道河等地方，邀请了更多的马帮送菜下山，这在很大程度上缓解了元谋县建路部队的蔬菜紧缺局面，为此，营、团首长多次嘉奖陈松山同志。

铁道兵修路为人民，人民支援铁道兵。有了各族人民的支持，修路大军信心百倍、干劲冲天。在战天斗地修铁路的岁月里，军民结下了深厚的情谊。

壮志撼山岳，热血献成昆

铁道兵第一师4团4营17连在成昆线一平浪渔坝村三号隧道施工时，隧道中间突然发生了小面积塌方，有五六米长。随着沙石的垮塌，隧道顶部很快形成一个大井口，就像隧道的天窗，塌下来的沙石将隧道阻断，正在隧道前段施工的战士被困在封闭的空间中，生命危在旦夕。

抢救战友生命义不容辞！战士们自告奋勇地争着喊："我是共产党员，我下去救战友！"抢救工作紧张有序地进行，从疏通的山顶洞口每次下去五人，下去抢救的战士们一路高喊着"下定决心，不怕牺牲，排除万难，争取胜利"的口号。第一次下去抢救的战士牺牲了，第二次下去……第三次下去……第四次下去……团长徐成山看到牺牲的战友心痛万分，眼泪都流了出来，他不愿拼死相救的战士们有更大的牺牲，立即命令不准再下去！随后，徐成山赶紧调来各种施工机械清理疏通隧道，当挖出被困的战士时，大多数已经没有了呼吸，副连长也只剩下最后一点气息，他把身上仅有的十多元钱作为最后一次党费交给了组织，然后永远地闭上了双眼。

这次塌方发生在 1966 年 1 月 13 日上午 9 点左右，共 17 位战士光荣牺牲了，全都是共产党员，他们现在安息在禄丰县金山烈士陵园。参加这次抢险营救的还有铁道兵第一师 1 营 4 连的战士甘家碧、李丰灿。甘家碧现居昆明市呈贡县；李丰灿，四川省大竹县人，1963 年入伍，抢救战友时身负重伤，最后瘫痪，后送四川成都军区医院医治。

1969 年 1 月 4 日中午 12 点 30 分，铁道兵第一师 1 团 5 营 23 连在渔洗隧道施工，大部分战士都出来吃中午饭了，张茂和他的四个战友还在隧道施工。突然一声巨响，瓦斯爆炸了！隧道里一片硝烟火海，一大股难闻的气味从隧道里向外喷发出来，这时有人大喊："张茂和他的四个战友还在隧道里！"连长马上叫司号员吹响了紧急集合号，组织战士们及时进行抢救。大家放下饭碗，组成了四个抢救梯队，每个梯队几十人，第一梯队刚冲上去，就被难闻的瓦斯味和浓烟呛得两眼昏花，泪流满面，加之火势太猛，温度太高，第一梯队的抢救人员被熏倒在地。紧接着第二梯队冲上去，又全部被熏倒在地；第三、第四梯队终因火势太猛，加之毒气喷出，全部被熏倒。有些战士的头发、衣服、裤子被烧没了，还有好多战士被烧伤，抢救工作没有任何进展。时间一分一秒地过去，隧道中战友的生命受到严重威胁，营长又调来其他连队的战士，安装了抽水机才把火扑灭，战士们冲进去一看，张茂等五位战友已被活活烧死。他们的英雄事迹被昆明军区和铁道兵兵部知晓，给他们分别记了功。

1969 年的《云南日报》头版头条刊登了张茂等五位战士的英雄事迹，报纸的标题是《碧海丹心向阳红——记铁道兵五英雄事迹》，号召全省人民向他们学习，部队亦同时开展了向五英雄学习的活动。

（夏建明　《铁道兵情怀·记忆》2018 年）

丈量成昆

——成昆线上的"老连长"邱德荣

杨钧

> 从解放战争到三线建设，近 100 年的中国历史，是一个英雄的时代，造就了时代英雄群像。在 2020 年 7 月 1 日成昆线通车 50 周年之际，谨以此文向数十万成昆线的建设者们致敬！
>
> ——题记

一段 50 年历史记忆大幕的拉开，缘于一个 83 岁老人一生的遗憾——"我把老头子的那张照片给弄丢了"。

老人叫唐秀英，那个老头子是她的丈夫，铁道兵第五师 23 团 6 连连长，邱德荣。

"那张照片是毛主席接见他的时候照的，老头子就在毛主席身后，第一排正中间就是毛主席，第三排正中间就是老头子。但是我却把老头子那张照片弄丢了……"

1957 年，时任铁道兵第五师第 23 团排长的邱德荣在北京受到毛泽东同志的接见。

1958 年 7 月，成昆铁路正式拉开建设大幕，成都至峨眉段全面开工。其间成昆铁路项目历经"三上三下"，项目数次停工。

1964 年，受国际形势影响，党和政府提出开发"大三线"。毛泽东同志做出重要指示：要搞三线基地，大家都赞成，要搞快一些；攀枝花、酒泉两个基地一定要落实；如果材料不够，其他铁路不修，集中修一条成昆铁路。

毛泽东同志一锤定音，掀开了全面建设成昆线的序幕。

1964年第四季度，中国铁道兵第一师、第铁道兵第八师、第铁道兵第十师，铁二局先后进入成昆线建设管区，各项重点工程陆续开工。

1965年，原铁道兵第五师、铁道兵第七师由贵昆线转战成昆线。

自此，一段写进中华人民共和国建设历史和世界铁路建设历史的伟大篇章开启了浓墨重彩的一笔。千里大山之中，最高峰时有40多万人，众人发挥"不怕苦、不怕死"的大无畏革命精神，"千万难险脚下踩，高山恶水任调遣"，硬是用手中的铁锤和钢锹，凿出了一个让世界惊叹的伟大奇迹。20年后，1984年，成昆铁路工程与苏联第一颗人造卫星、美国阿波罗宇宙飞船登月活动一起被联合国评为"20世纪人类征服自然的三大奇迹"。

创造这一伟大奇迹的，正是成千上万如邱德荣一样的铁道兵们。

1965年5月，37岁的邱德荣，时任铁道兵第五师23团6连连长，随铁道兵第五师从云南宣威奔赴攀枝花，并担负起牛坪子至金江段的隧道建设任务。

1965年3月4日，毛泽东同志在收阅吕东、徐驰等所呈攀枝花特区筹备及工作打算的书面报告上做出"此件甚好"的重要批示。由此，攀枝花建设全面展开。当时全身心扑在如何"打洞"的邱德荣，没有想到自己身处的这片荒山野岭，有两个"战场"同时打响，最后都一样震惊了整个世界。而自己已经成为这段历史的创造者和见证者，以及后来这座城市的建设者，

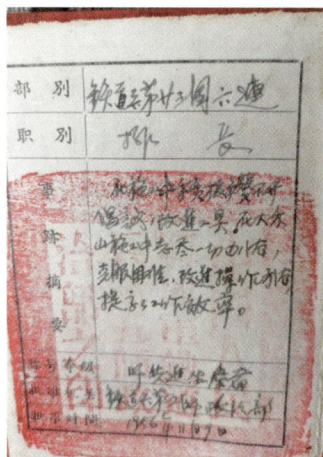

成为万千成昆铁路建设和攀枝花城市建设英雄中的一员。

他叫"老连长"

"老连长"并不老，当上连长时还不到 30 岁。29 岁时，作为铁道兵第五师先进工作者，邱德荣在北京接受毛泽东同志接见，后来他由排长提升为连长。

1928 年出生于渠县的邱德荣，从小就在重庆朝天门跑码头，"给地主老爷拉过风箱"。1949 年加入中国人民解放军，1950 年奔赴抗美援朝战场。战争结束，他从朝鲜战场九死一生回来，就地转为铁道兵，加入了另一个"与天斗，与地斗"的战场。

邱德荣是工兵，在朝鲜战场上的任务就是修铁路，保证运输线的畅通。回国之后，随铁道兵第五师，一路从福建修到贵州，又从贵州修到云南。

1965 年，铁道兵第五师转战四川，进入攀枝花修建成昆铁路。当时铁道兵第五师负责米易至三堆子一线的铁路建设任务。铁道兵第五师有三个团，一个团驻扎盐边，邱德荣所在的 23 团驻扎倮果，师部大本营驻扎米易。

邱德荣所在部队负责从桐子林到金江一带的铁路建设工程。当了 10 多年工兵的邱德荣，到了攀枝花，才知道成昆线上打洞（打隧道）的难度，远远超出了自己的想象。

当时的攀枝花，一片蛮荒，除了山还是山，杂草丛生，乱石当道。两边是乱石和高山，脚下是金沙江水穿山而过。大部队到达后，连找一片现成的平地驻扎都是一个问题。

"后来在三堆子，多亏了一个当地人，用摆渡的船把我们渡过去，把杂草砍了，才砍出一片空地来，部队才搭上帐篷，扎营下来。老头子经常给我讲起那个老人的名字，说是人要感恩，不能忘记帮助过我们的人。要不是老人用船把我们渡过去，我们都不知怎么办才好。但是我太不中用了，记性不好了，记不住他的名字了……"

唐秀英老人每每提及此事便自责不已，觉得忘掉了那位老人的名字，对不起自家老头子。

就是在这个渡口不远，4 年以后，1969 年 10 月，一座全长 390.4 米，主跨 194 米的三堆子大桥（金沙江大桥）横空出世，成为当时国内跨度最大的简支铆接钢桁梁大桥。

邱德荣所在部队驻扎在倮果的一个山上。山下便是金沙江，要在这一带修铁路，隧道必不可少。从桐子林到金江，线路长约 20 公里。

由于地形险峻，桥隧长度占线路长的 80%，超出当时整个成昆铁路桥隧比的一倍，施工的难度可想而知。这是一段险路，也是 23 团交给 6 连的一个艰巨任务。

23 团是一个英雄的团。1955 年，曾经在福建鹰厦铁路的大禾山隧道工程中被中央军委授予"隧道攻坚老虎团"。也正是大禾山隧道工程施工时，时任 23 团排长的邱德荣，经过大量的研究和实验，改进了钻头和操作方法，大大提高了挖掘速度，被师部评为"师部先进生产者"。他的事迹栏这样写道：在施工中积极钻研倡议改进工具，在大禾山施工中想尽一切办法，克服困难，改进操作方法，提高了工作效率。

大禾山隧道，让邱德荣一"钻"成名。任何成功都不是偶然，特别是对铁道兵而言。之所以邱德荣能够在大禾山隧道工程一"钻"成名，除与他过去在军工厂专门搞兵工的经验有关外，当时时任铁道兵司令员王震也给了他很大的帮助。当时大禾山工程由于施工部队缺乏经验，开挖进度每天只有1~2米。王震到现场视察，与指战员们重新研究改进施工方法，并亲自进洞打风枪，给战士极大的鼓舞。

正是在这种"天高我敢攀，地厚我敢钻，险山恶水听调遣，铁兵面前无难关"的铁兵精神下，邱德荣终于研究出了一种新的"钻头"和操作方法，为隧道建设施工做出了积极的贡献。

10年后，邱德荣这个"老虎团"的铁钻头，再一次"钻"进了攀枝花的大山。当时要进金江车站（现叫攀枝花车站）得先钻山。铁路是沿雅砻江左岸下行，然后经桐子林，进隧道，再出隧道，经金沙江大桥跨江而过，然后再进隧道，出隧道才能到达金江车站。

时至今日，所有攀枝花人但凡坐火车走成昆线回攀枝花，只要一过金沙江大桥，都会心生一种亲切——"到家了"。但我们不应该忘记的是，50年前，是邱德荣这一代成昆线建设铁军们逢山开路、遇水架桥，才让天堑变成了通途。

"那一带的洞子，全是老头子他们打的。他当时是连长，白天、晚上带着他们打洞子，那个苦，那个受罪哟……"83岁的唐秀英老人一说起邱德荣打洞的艰难，每次都忍不住老泪纵横。

50年过去了，每每想起往事还让一个垂暮的老人如此心疼，那该是怎样的一种艰辛呀！

心疼的是老人嘴里一直念叨的"老头子"，还是那段艰难的，已经刻在了老人的骨里、铭在了心里，一经触碰，便会阵阵发痛的岁月呢？

"毛主席他老人家可以睡个安稳觉了"

1965年，值得纪念。

毛泽东同志的"三·四"批示，掀开了攀枝花全面建设的篇章。

从这一天起，在攀枝花这片土地上，两个"战场"红旗招展，热火朝天。一边是成昆铁路大会战，一边是攀枝花建设，特别是攀钢建设，进行得如火如荼。

成昆铁路大会战，1968年通车是目标，为此，18万铁军日夜奋战。

而攀钢的建设，"不想爹，不想妈，不出铁，不回家"，成为那个时代攀枝花最响亮的声音。

邱德荣带领着他的6连，怀着对党和国家的无限忠诚，一天24小时三班倒，没日没夜地扎在工地上。大三线、成昆铁路的建设和攀枝花的建设牵动着全国人民的心，同时也激励着万千铁军在千山万水间不懈奋战。

作为连长的邱德荣，心中的压力比修贵昆铁路时大了不知多少倍。因为他10年前在北京接受毛泽东同志的接见，照相的时候就站在毛泽东同志的身后，那是邱德荣一生当中离毛泽东同志最近的一刻。那一刻，成为邱德荣一生中最为荣耀也最受激励的一刻。

毛泽东同志曾经讲过两句话，这两句话对于成昆铁路和攀枝花建设大军来说，字字千"斤"，对于接受了毛泽东同志接见的邱德荣而言，更是意义非凡：

修成昆铁路，钱不够，可以把我的稿费拿去。

攀枝花建设不好，我睡不好觉。

对于邱德荣来说，这是领袖的激励，也是无形的压力，这种压力，直逼人心。

让毛泽东同志睡好觉成为那个年代军民共同的心愿。

"那个时候老头子从早到晚都在工地上，每次回家全身上下就只剩下两个眼珠子，一身全是白灰，打洞打的灰……本来是三班倒，但是他是连长，任务重，时间紧，经常连班上。工地大大小小的事，他都得负责……"

邱德荣的压力唐秀英老人当时明白。这个从小在重庆朝天门跑码头的"铁钻头"，曾经在朝鲜战场因美机轰炸被埋了一天一夜、最后死里逃生的人，这个从来不叫苦叫累的汉子，终于有一天回到家里忍不住失声痛哭。"他哭，我也哭，我们两个抱着一起哭……"时至今日，唐秀英老人谈起那段记忆，仍是泪流不止。

如今那段艰苦的岁月，早已尘封于历史。

艰难困苦，玉汝于成。那些艰难，终于迎来历史的"高光"时刻：1970 年 7 月 1 日，成昆线全线通车。

同一天，攀钢第一炉铁水出炉。

这一天，双喜临门。两列火车分别从成都和昆明相对而行，最后在西昌会合。这一天，全国沸腾，世界震惊。

邱德荣和铁道兵第五师的战友们在倮果参加了通车庆祝大会。

5 年成昆"抗战"，终于迎来了胜利。中国军人，再一次以"敢教日月换新天"的豪情，创造了一个奇迹，也创造了历史。

"这下毛主席他老人家可以睡个安稳觉了。"

这是一个对党和主席有着无限忠诚的老党员，发自心底的最朴素的声音。

成昆铁路任务完成，邱德荣留在了攀枝花，继续成为攀枝花的城市建设者。原铁道兵第五师师长顾秀担任渡口市第一书记。另外一些战友，转战新疆。

成昆铁路，从 1958 年开始，前后历经 12 年。全线 1096 公里，约 1340 人牺牲。平均一公里就有一至两名铁道兵战士牺牲。

2000 年 1 月 8 日，邱德荣离开人世，与所有曾经牺牲在成昆线上的战友们一起长眠在这千里大山。

生前是成昆铁路的建设者，死后是成昆铁路的守望者。

艰辛的征程

——"走近攀枝花"地质勘测纪实

洪承惠

伴着枪声去勘测

成昆铁路选线与开发攀枝花密不可分。

决定采用西线方案之后，铁道部第二勘测设计院多次组织小分队深入彝区，细化线路走向，完善方案。

1953 年，工程师蓝田率领的勘测小分队第二次深入彝区，补测西线的一段空白。为了避免与彝族同胞发生误会和冲突，每到一个地方，勘测小分队按照党的政策先与彝族头人接洽，取得允许后，才开始工作。

刚开始的时候，小分队连借宿的地方都很难找到。

有一天，小分队在瓦吉木梁子踏勘后返回时，下起了雪。当时天色已晚，小分队走到山下找住宿是不可能了。后来，终于在山腰间发现一户人家的小石屋。小石屋的主人已经睡了，蓝田示意队员们不要惊动主人。可是风雪像刀子一样割人，幸好石屋旁有个羊圈，大家顾不了许多，就钻了进去。

寒夜逼人，冷得要命，队员们只得一人抱一只羊取暖。哪知，羊受了惊，"咩咩"地叫唤起来。这下惊动了石屋的主人，以为有野兽叼羊，抓起身边的猎枪，"叭"的一枪，打在羊圈前的石板上，火星溅得老高！

随队的彝族向导大喊："雀波（朋友）！雀波！我们是雀波！"经过一番解释，那手持猎枪的彝族汉子才放下心来。

这是一户好心的彝族同胞，他开门让冻得瑟瑟发抖的队员进去休息。

队员们怀抱着仪器，依偎在木柴火堆旁熬了一夜。

经过艰难而又危险的勘测，小分队终于补测了位于被称为"蛮荒之地"的大凉山普雄到乌斯河的一段空白。

1958年时，铁二院组织第三次线路勘测。时任北段勘测设计工作组组长的钟名荣回忆说：有一天，勘测五队走到白果乡，住了下来。彝族同胞与队员混熟了，拉他们去喝大碗酒，勘测五队党员杨太明留下看守设备。当队员回来时，惊讶地发现杨太明倒在血泊之中……周围鲜血四溅，这是被人用砍柴刀从后颈处偷袭所致。

同志们为杨太明烈士立了碑，碑上写着"杨太明同志永垂不朽"。

越西有一个匪首特别令人愤恨，叫罗洪木呷。当时，勘测队员分不清土匪和彝族百姓，很容易就上当。有一次罗洪木呷设计圈套，邀请勘测队员去搞联欢，经老乡通报提醒，队员们才没有上当。

罗洪木呷领着匪徒们转而突袭牛日河对岸一个铁厂，抢了厂里的8支枪后，又准备向勘测小分队发起进攻。勘测小分队有十几支枪，全员严阵以待。那一夜，全体勘测队员做了最坏的打算，万一匪徒冲过牛日河，突破警戒线，就是牺牲生命也得保住勘测设计资料！好在牛日河上只有一条溜索可过河，易守难攻，匪徒也不敢贸然进犯。

第二天清晨，大部队闻讯赶来，平息了叛乱。勘测设计小分队伴着枪声去勘测，收集了西线的大量地形、地质资料。

北走西昌，南走攀枝花

1964年成昆铁路大会战开始后，第二勘测设计院以西昌为界，将线路分为北段与南段，分别对局部线路走向进行勘测设计。

毫不夸张地说，西线的深山峡谷处处有陷阱，步步有雷区。为取得"地质博物馆"大门的钥匙，技术人员认真学习毛泽东同志的《实践论》等哲学著作，运用辩证唯物主义认识论分析研究地质资料，指导设计线路具体走向。

北段，西昌是线路的必经之地。因为它是凉山彝族自治州的首府，是未来的航天发射基地；南段，西昌至昆明西站共528公里，是地质灾害集中区，建设难度非常大，是如何走近攀枝花的关键。

中国工程师敢于与苏联专家叫板，提出采用西线方案的勇气值得赞誉，但如何找出一条通往攀枝花的安全线路，是一个艰辛的过程。

勘测设计人员反复学习《实践论》《矛盾论》《人的正确思想是从哪里来的？》等哲学著作，坚定地认为，复杂的地质构造和不良地质现象是可以被认识和征服的，成昆铁路一定能建成！

其中，在德昌至昆明的400公里线路中，勘测队员们跋山涉水，经历千辛万苦，在宽达130平方公里范围内，深入调查研究，坚持科学试验。在科研部队、大专院校、地质部南江大队、施工部队和沿线人民群众的协作支援下，一共研究制订了四个方案。

每一个方案都要进行区域地质测绘和大量的勘探工作，攀越大小山头几十个，钻探打孔上百个。通过统计，仅德昌至金江段，总共钻探24300米，平均每公里要钻探178.09米。另挖探坑900个，进尺2527.37米，平均坑深2.81米。

功夫不负有心人，四个方案的提出，标志着他们距离打开"地质博物馆"大门的目标又近了一步。

西南铁路工地指挥部与铁道部第二勘测设计院对四个方案进行全面分析。大家一致认为，第二、第三、第四方案虽都有绕避不良地质路段这个优点，但也都存在着一个重大弱点，即线路距攀枝花钢铁基地较远，接修渡口支线的长度均在100公里以上。

唯有第一方案即金沙江方案（沿安宁河、雅砻江、金沙江至龙街，由龙川河上行至广通，然后经一平浪、禄丰与安宁附近至昆明）虽没有绕避不良地质路段，但线路靠近攀枝花钢铁基地，只需接修渡口支线 35 公里。

铁二院的领导补充说，第一方案还有一个优点，就是线路经过广通。广通是楚雄彝族自治州禄丰县的一个镇，地处滇中腹地，是铁路规划路网中的重要节点城镇。将来要建"昆大线"（昆明经广通至大理），若在广通联轨，就可避免在昆明至广通间修 143 公里铁路。

但是，第一方案将遇到严重不良地质路段。线路经过深大断裂形成的断层谷，新构造运动强烈，属于 8 至 9 度的强震地区，两岸山坡陡峻，崩坍、滑坡、泥石流、危岩落石等不良地质现象多、规模大，迤资至江头村的 66 公里地质结构更为复杂，这也是当年苏联专家不同意西线方案的重要原因。

然而，在铁二院第三总队全体队员英勇顽强的战斗下，终于提供了充足的勘测资料，为实施第一方案奠定了基础。

打开走向攀枝花的大门

负责南线勘测设计的是铁二院第三勘测设计总队。在毛泽东同志"精心设计，精心施工"的教导指引下，他们披荆斩棘，攀悬崖、战急流，以"脚踏当年红军路，身居山沟观全球"的革命胸怀与天战，与地斗。

第三勘测设计总队下属的第三勘测设计队，以顽强的革命精神会战大马台、六改枣子林、八下金沙江，一丝不苟地完成了正线勘测 120 余公里、方案比较（总延长 300 多公里）的任务，被评为铁二院"活学活用毛泽东思想的先进集体"。

大马台位于龙川江和青龙河的汇合点，悬崖峭壁、沟深流急，地形相对高差在 800 米以上，横坡陡达 70 多度，从岩裂里长出的仙人掌密布成林，遍山长满了令人刺痛难忍的毛椎子。大马台是下坝至伊地间最困难的一段，也是南端的展线地段。

大雨过后，小彭在袁师傅的带领下，要攀登到峭壁中部和顶部进行补点，崖壁上一无树木、二无野草，雨后的岩石格外光滑难登。

当他们快要攀到崖顶的时候，小彭踩上了松动石块，"嗖"的一声滑了下来。在这千钧一发之际，在下方的袁师傅叉开双脚、张开双臂把滚下来的小彭接住了。崖下的同志急出了一身冷汗。小彭和袁师傅终于征服了峭壁，站定了脚跟、立定了板尺，在成昆线的地形图上添上了新的一点。

他们将一个又一个测桩钉在峭壁上、钉在急流旁，标出了未来铁路的方向，提前一个月完成了任务。

地质勘探工作是线路设计的关键一环。

南端丙汉河隧道急待勘测队提供洞口位置等地质资料。任务紧急，第三勘测设计队 1040 机组接受了地质勘探任务。当时机组里只有一台人力钻机，仅靠这台机器难以按时完成任务。于是机组人员在地质技术人员指导下进行挖探，人工挖到 3 米以后，石块在壁中犬牙交错。坑越来越深，坑底越来越窄，光线越来越不足，空气也就不够用了。工人们轮换作业，每个人从坑底上来都是汗流浃背。他们用镜子将阳光反射到坑底照明，用手摇鼓风机接皮管向下输送空气。经连续战斗，1040 机组取得了足够的地质资料，为确定洞口位置做出巨大贡献。

第三勘测设计队来到了桐子林河湾。桐子林位于雅砻江和安宁河的交汇处。该处河床纵坡很陡，江水以每秒 6~7 米的流速回旋而下，冲击着半月形的河湾，浪花拍击岸壁时而发出震耳欲聋的声音。

虽然夜深了，但"革命村"的灯光仍然没有熄灭，"诸葛亮"会还在进行。大家用盆、筷、线，比作河湾、船杆、绳索，一次次比试，讨论着、研究着。

第二天，攻坚战开始了。空中飞架绳索将小木船固定在急流中。船篙从 3 米、6 米接到 12 米。老船工使尽力气掌着舵。水流像难以制服的"蛟龙"在船底翻滚，巨浪拍打着船头，江水湿透了船上人的衣服，寒冷刺骨。队员们豪迈地说："雅砻江流寒，战士心头暖，为国创大业，岂怕苦和难。"

为了在急流中固定船位，岸上拉绳的同志即使手磨破了皮，肩上压出了血印，也仍然坚持着。他们一次又一次地放下测铅点锤，立上板尺，测了一个又一个点。经过两天多时间的连续战斗，水下地形测量任务得以圆满完成。

第三勘测设计总队的队员们，为落实毛泽东同志"备战，备荒，为人民"的伟大战略方针，又拔起帐篷、背上行装奔向了新的战场，寻找走近攀枝花的地质密码。

走向攀枝花的大门，终于被坚韧、智慧的勘测设计者们打开了。

为了绕避不良地质地段，改善线路条件，全线共改线 157 次，改线长度共 520.4 公里。

走近攀枝花的历程，反映了一个道理：任何好的方案，都是贯彻唯物主义路线、坚持辩证法的结果。勘测设计工作者不畏艰险、勇于实践，在无数次的"钻探、试验、比选"中，一步一步从"必然王国"走向"自由王国"。

军令如山

张立坤

2015年12月25日，冬至刚过没几天，气候十分寒冷，我闲于家中，同是铁道兵的同县老战友打电话来说："原铁道兵退伍的老战友们想出一本当年征战祖国南北建设钢铁大动脉的回忆录，望各位老战友尽量把那些年代战斗中的难忘之事写一下，录入书中永存。"

听完电话我脑子一片空白，一个普通的战士在那种火热的年代，每一个不都是流血、流汗，不怕苦、不怕累，服务于国家的吗？平凡的工作有什么值得写的？写什么？怎么写？经过几天的思考，记忆之门渐开，那些重大的可歌可泣的事，在脑海中涌动。写党中央西南大后方三线建设的战略大决策；写1970年7月1日，我们参加修建的成昆铁路通车，渡口钢铁厂（攀枝花钢铁公司）出铁的双庆日子；写震撼人心的渡口朱家包包大爆破；写十万铁军涌进大西北新疆会战南疆铁路的伟大壮举……这一切的一切写不完、书不尽，提笔的手颤抖着，低文化、低能力使我无法落笔，只能让它永远记在脑海中，留在心中。

在记忆的长河中，在那火热的战斗年代中，我经历了一件改变了我一生也激励了我一生的事。几十年来，我不管遇到什么困难，只要一想起这件事我就浑身充满力量，没有克服不了的困难和过不去的坎。

1970年的6月25日中午，我正躺在床上午休，连部通讯员把我喊了起来，说道："有急事，连长叫你快到办公室。"我立即翻身起床快步跑进连部，喊道："报告！""进来。"行军礼后，连长、指导员，还有我们排的排长，都一个个拉着长脸，严肃冷漠地看着我，让人有点胆寒。指导员说："连长有重要任务交给你，请连长说吧。"这时连长突然从凳子上站了起来，双眼直视着我，声音低沉地说："接团部首长命令，成昆线昆明方向铺来的轨道和成都方向铺来的轨道在金江车站对接，现有三道轨道、十二根铁轨无法顺利连接，原因是接头轨长短不一致，需要按标准尺寸切断6根，重新打孔进行连接。这是一件左右成昆铁路7月1日能否顺利通车的大事，十万火急。"最后，连长挺起了胸脯，提高了声音："我命令你带领你班部分战士立即出发前往执行，在6月28日一定完成任务，这是死命令。"

由不得我脑子想什么，由不得我说什么，我一个立正军礼同时大声喊出："保证完成任务，请首长放心。"我风一样地返回宿舍，这时全班战友早就集中在一起了，我简短地做了3分钟的动员、5分钟的准备，点上5名战友，扛上工具箱，坐上汽车就出发。连队驻地在四川米易县垭口镇，离任务地点金江车站有百多公里路程。在坡陡弯多、坑坑洼洼的沙土公路上，战友们的热情十分高涨，高声唱着《毛主席的战士最听党的话》，一路欢声笑语，精神面貌都不错。我却背靠着车厢紧闭着双眼，全身的血液好像没有流动。接受命令时脑中只觉得时间紧、任务重，没有去想更多的，现在冷静下来才发现任务艰巨。

我1969年入伍，1970年2月入党，两个月后成为一班之长。19岁，仅比新兵们大一岁，第一次外出执行任务，任务又这么艰巨，完不成怎么办？我越想越害怕，不敢再继续想了。一路颠颠簸簸，满身灰尘。走了三个多小时，下午4点多钟我们到达施工作业点，整个车站都是红旗飞扬，烈日下的劳动场面更是火辣辣的。这时团部的一位参谋跑过来简单地安排了我们的住宿，在就近的一个工棚中，生活同施工队搭伙。

我们抬上工具箱就直奔作业点，相反方向铺来的十二根铁轨硬邦邦地躺在铺好枕木的路基上，需切割掉的六根铁轨已经做好了切割标记线。我把战友们分成三个小组，每组二人，每组负责一根钢轨。各小组立即使用钢锯进行切割，切割面是轨道与车轮的接触面，由特殊钢材锻造，十分坚硬光滑，锯片上去拉不了几下，不是断片就是掉齿，并滑离切割标记线。工作了三个多小时，钢锯片报废二三十片，可每组的切割进度却不到几毫米，战友们全身已湿透，缓慢的进度让我们决定先收工吃饭。

进工棚后大家一个劲地猛喝被太阳再次加热的温水。施工队早已把一盆饭、一盆菜送到工棚里，我急得用干哑的嗓子喊着快吃饭，吃完饭再想办法。饭后大家七嘴八舌地议论着，无奈，就是没有一个好主意。

吃完饭，我们小队马上拉起照明工作灯，每组由原来的二人同时拉锯作业，改成每组一人拉锯作业，一人浇水冷却锯片，以此保持体力，两人

轮换拉锯切割，做到人休锯不休。就这样从 25 号的晚上 8 点到 27 号的上午 10 点，经过 38 个小时的不断连续苦干，在报废二百多片锯片后，终于将六根沉重的铁轨按要求进行了切割。进行短暂休息后，我们开始对切割后的铁轨进行钻孔作业。翻遍工具箱也没能找到一支达到需要钻孔直径尺寸要求的钻头。我绝望了，绝望得想哭都无法哭出来，全身血液直冲脑顶。

6 月份的天气十分炎热，在三十四五度的高温大"烤"下，豆大的汗珠从战友们的头上直往脚流。战友们像漏了气的皮球，哭丧着脸坐在地上。我想到的唯一办法就是求助。回连队？太远不可能，就算回到连队，也没有这种大直径的麻花钻头。上团部？团部在渡口市，路程太远也不可能。各种选择犹如电影在脑海中播放，我忧伤绝望的双眼紧盯着热火朝天的车站工地。在那忙忙碌碌的工人中，我看见了一位戴红袖套手拿小红旗的工人师傅，在不远处不时地指手画脚地喊着什么，我立即跳起来跑过去，说道："同志，我们是二十四团修理连的战士，来这里进行铁轨切割和钻孔工作，在钻孔中遇到了我们难以克服的技术难题，请问附近还有没有哪个单位有这种技术能帮助我们一下？"我一口气就把事情说完。工人同志指向沿金沙江边不远处，说那里有一个叫桥梁工程处的单位有这种技术能力。我连声说谢谢！叫上一个战友飞一样地跑到了这个工程处，领导见我们是解放军战士，非常热情，我把需钻孔的直径尺寸向他们进行介绍说明，听完我的汇报后，领导立即叫来两位工人师傅，做了简单安排，两位师傅返回到车间领出了三支同直径的大麻花钻头，就在车间的砂轮机上进行加工研磨，把锥钻加工研磨成斜平口三角钻头，还加工研磨了几支大小不等的麻花钻头。我同战友一起高兴地扛上电钻机工具箱，与两位师傅快速地来到了施工作业处，战友们的情绪一下高涨起来。在工人师傅的指导下，我们马上进入工作状态中。由于钻孔的精度要求较高，我们工作时慎之又慎，慢得不能再慢，精益求精。先用小钻头找准中心点进行定位，再更换钻头进行打孔加工，就这样一点一点地不断扩大孔径直到达到要求，实现了 28 号上午所需要加工的孔全部完成的任务。我们这几天紧张的精神也得到了放松。我非常感谢桥梁工程处的领导和二位工人师傅，没有他们在关键时及时解难，我们是不可能按时完成任务的。

28 号下午团里的参谋又来到我们工地上，实查、实看、实测工作成果，他非常满意，当场宣布任务完成，并叫我们好好休息，29 号回连队。晚饭后，大家你望我，我望你，一个个笑得人仰马翻，我不知道发生了什么。得知了为什么的我也是笑得直不起腰，原来从离开连队到现在大家一直没有洗过脸、刷过牙，更不要说换衣服了，个个糊嘴花脸、灰头土脑，特别是工作服汗臭难闻。经过快速地洗漱、清理后，战友们没有一个说话，全部在工棚中倒下呼呼大睡，直到 30 号上午 9 点才醒来，几天来的焦虑、疲劳、辛苦一睡而光。战友与我怀着胜利的喜悦顺利返回到了连队，我没有回宿舍就直接到连部，向连长报告了完成任务的整个过程，连长听完后，脸上仍然是一副冷漠的样子，声音不大不小地说了三个字：好，好，好。没有过多的表扬，但最终能按时完成任务我仍倍感欣慰。

7 月 1 日这一天，整个成昆铁路沿线一片欢快，西昌举行了隆重的通车典礼，我们连队也举行了一个庆祝大会，只不过场面小了一点，文艺演出也是连队战士自导自演、自娱自乐。散会时，指导员还宣布了一个好消息——晚上团部电影队会到连队来放一场电影以示慰问，全连上下欢呼一片。晚餐也十分丰盛，连里杀了一头大肥猪改善伙食，并特批允许每班共饮一瓶高粱酒，开饭时全班战友非要我先喝，我说我不想喝，战友们都说你不喝我们也不喝。我二话没说，接过酒瓶猛喝一大口，然后递给其他战友，一圈下来，瓶底朝天，滴酒不存，大家乐得比过春节还热闹。

晚饭后我独自一人站在连队后面的山坡上，看着那轰隆开过的列车，伴着长笛声驶进垭口隧道，我思绪万千，心潮澎湃，热血沸腾。几天前的往事又涌上心头，那不是一个连长对一个小班长下的命令，而是党中央毛泽东同志对整个筑路大军下的命令，千万战友们用生命、鲜血和汗水确保了任务的圆满完成。远望青山绿水，掩埋着无数战友们的忠魂。我热泪盈眶，张开着双手大声地呼喊着："你们听见了吗？你们看见了吗？1970年"七一"成昆铁路已经顺利通车了，你们的鲜血没有白流，你们安息吧！"列车逐渐远去，我那涌动的心却一时难以平静。

1970年底，全班13名战友都被评为"五好战士"，我们班也被评为"五好班"，实现了全连从未有过的全班一片红。

46年后的今天，战友们个个都满头白发，颐养天年。祖国也发生了翻天覆地的变化，工业制造、科研技术、航空航天、高铁、核电、信息产业化等等都进入了世界前列，是名副其实的大国、强国。党的十八大提出，实现中华民族的伟大复兴，全面建设小康社会，早日实现全国人民的强国梦，又一次向全中国人民发出了前进的动员令，全体中华儿女一定会凝心聚力、奋发努力地完成好这一伟大使命。我相信在战友们及我的有生之年也一定会看到中国梦的实现。

军中故事

凌远来

情缘

陈松山排长所在的连队和杨连弟连的英雄们，完成了密马龙大桥和白虎山隧道的修建后，转战元谋县海螺村大桥工地。陈松山排长改任司务长，经常赶着小马车到元谋县买菜，在四十度的天气里被晒得满头大汗。路边的凤凰花开满枝头，就像火凤凰停在树枝上，映红了元谋的山川和蓝天。

小马车轻快地跑在弯曲的公路上，发出阵阵悦耳的声音，就像在

弹奏一曲美妙的音乐。今天，元谋县文工团到部队慰问演出，他们把英雄的铁道兵和陈松山在白虎山的故事编入戏剧里。这是铁道兵的光荣，陈司务长特别高兴，他买了鱼、羊肉等并亲自下厨做菜接待文工团团员。他们边吃边说笑话，可开心了。

唯独一位美丽的小演员闷闷不乐，原来她在想她的弟妹们没有饭吃的事，要是弟妹们也能吃上一顿这样的饭菜该有多好啊！想到这里她快要哭了。这时只听见团长叫她："梦瑶，快吃呀！马上要演出了。"梦瑶"嗯"了一声，就立马去吃饭了。陈司务长从旁人那打听到梦瑶未满 18 岁，是个学员，每月收入 18 元钱。父亲去世早，母亲改嫁他人，留下三个弟妹，她既当爹又当妈，呵护着三个弟妹，真是太难了。最小的妹妹不到四岁，两个大一点的弟妹要上学，小的就经常被关在家里，在邻居们的照顾下艰难地生活着。每当不懂事的小妹要姐姐买肉吃的时候，她心如刀割。她耐心地跟妹妹解释没钱买肉时，小妹哭了，小妹不知道姐姐的艰难，只知道没肉吃。姐姐无奈地抱着小妹也一起哭起来，妹妹看到姐姐哭，就说："今后妹妹不吃肉了。"梦瑶哭得更伤心了，两个大的弟妹放学回来听到姐姐的哭声，也跟着哭了，全家哭成一团。

陈司务长听到这里流下了眼泪，他非常同情梦瑶。当时陈司务长家有 13 口人，经济也不是很富裕。他每周到元谋县买菜，都用自己的钱买上两斤肉和蔬菜送到梦瑶家，并在经济上资助她。起初，陈司务长到梦瑶家时，小弟妹都叫他解放军叔叔，后来叫他陈哥哥了。梦瑶在与陈司务长的交往里，爱上了这位善良的英雄。陈司务长在革命的旅途中、在战火的硝烟里找到了知己，和这位美丽善良的姑娘建立了革命的情缘。有时，陈司务长到文工团看望梦瑶，那些演员开玩笑地说："梦瑶！你的铁哥哥来找你了。"她的脸红得像盛开的攀枝花。梦瑶在元谋文工团里，被大家称作"百灵鸟""金凤凰""元谋一枝花"，陈司务长想到梦瑶如此优秀，心里也是乐呵呵的。

但好景不长，陈司务长被借调到昆明军区后勤部，被秘密派往越南，支援越南人民的抗美救国战争。他就这样突然消失了，没有人知道他的去向。他也不能与家里人通信，因为这是军事机密。

梦瑶到连队去找他，可是连队完成任务后搬走了。陈司务长就像断了线的风筝，杳无音讯。她猜疑着，他是不是牺牲了？是不是变心了？她多次到黄瓜园烈士陵园去找陈司务长的墓碑，可怎么也找不到。"陈哥哥你在哪里？"梦瑶的心都要碎了。

后来，梦瑶在黄瓜园烈士陵园找到一个叫陈松全和一个叫陈代山的烈士墓，梦瑶以为他们把名字写错了，其中一定有一个是她的陈松山哥哥。她呆呆地跪在黄瓜园烈士陵园，望着陈哥哥战斗过的海螺村大桥，悲痛万分。这只金凤凰再也飞不起来了。

山中的凤凰为何不飞翔，山下的红花儿为何不发香。

谁能引得凤凰飞，谁能浇得花儿香……

凤凰无翅飞呀飞不起，红花无雨呀不发香。

若问浇花引风人，远在天边近在身旁……

可是这浇花人哪，你在哪里？

梦瑶呆呆地望着海螺村大桥，仿佛陈哥哥赶着小马车在弯曲的公路上向她走来。陈哥哥呀，你为什么不说话呀，我为你唱首你最爱唱的歌——《铁道兵志在四方》。她边哭边唱，催人泪下。烈士们好像也在附和着，她仿佛听到了陈哥哥哭泣的声音。

她正发呆时，邻居李大妈牵着小妹来了。"姐姐，你为什么要哭呀！是哭陈哥哥吗？我也帮你哭，把陈哥哥哭回来。"不懂事的小妹真的哭起来了。这可把梦瑶的心都撕碎了，她抱着小妹大声哭起来，哭得昏天暗地。李大妈走过来安慰她："孩子回去吧，人死不能复生，要是他活着一定会来找你的。走吧！你那两个弟妹放学回来了，正等着吃饭呢！"

陈司务长从战火中走出来了。他在胜利的欢呼声中回来了，回到祖国，回到战友身边，在铁道兵第一师1团当管理员。领导很关心他，放了他40天的探亲假让他回来和梦瑶结婚。回到家的第二天，陈司务长就到元谋县找梦瑶，可是却打听到她已和本县的干部结婚了。

某部十六连战士在四十多度高温的隧道里施工

陈松山像遭受了晴天霹雳，半天说不出一句话来。然而，他毕竟是个心胸宽广之人，能体谅她的苦衷，心里默默地祝福她能过上美满幸福的生活。

无数铁道兵在修建成昆铁路中奉献了青春，牺牲了爱情，献出了宝贵的生命。伟大的数学家华罗庚说过："铁道兵的奉献精神有多大，是不能用数字计算出来的……"

与炸药包拥抱的人
——记一等功功臣戴荣方

这是一个真实的故事。

1964年元旦过后，我连接到上级命令参加成昆铁路的修建。

我们连是去支援铁道兵第一师3团1营盖建营房，战士们每天都得赤脚踩着泥巴抹土基。那是一个寒冷的季节，泥巴表层结满了霜雪，战士们第一眼看到这种情形时，心里直打寒战。这时，优秀共产党员——陈和太班长脱下胶鞋跳进泥巴里。随后，其他战士在他的带领下个个像青蛙一样地跟着跳了进去，那泥巴冰冷刺骨，就像一根根又细又冰的小针刺进战士们的肉里。

有一天，师长李万华到基层来看望战士们，当他看到我连战士的脚都肿了，就对着团长戚广和说："这些战士们是哪个连的？脚都肿了，怎么不发放水鞋？"团长说："因物资短缺，暂时还无法解决。"师长再三强调说："一定要尽快采购水鞋，难道我们的战士是特殊材料做的吗？他们也是血肉之躯……"

当师长走到战士们跟前时，战士们齐声说："首长好！"师长一边向战士们问好，一边向战士们说："你们背井离乡来到云南参加成昆铁路建设，真是了不起啊！"战士们用沾满泥土且冻得通红的手，热烈地鼓起掌来，掌声响彻云霄。

阳春三月已到，可天气还是寒冷的，老团长戚广和仍穿着破烂的棉衣跟战士们一起开山放炮、搬石头、推土渣……正当他和战士们有说有笑时，突然隧道外发出噼里啪啦的响声，团长闻声猛地跑出洞口，顿时看到炸药库前浓烟滚滚直冲天空，又慢慢地向四周散开……

原来隧道口旁一百多米处有一个炸药库，存放了四吨多炸药，库房旁边有个工作室。那天戴荣方和两个战友正一筒一筒地往炸药桶里装雷管，突然"啪"的一声，一位战士把雷管弄炸了，一瞬间已装好雷管的整堆炸药桶的导火线全部都燃烧起来。在这千钧一发之际，戴荣方奋不顾身，抱起燃烧着的炸药桶就往外冲，随后将它们丢在一土坎下，他刚一松手，土坎下的炸药桶就像放鞭炮一样响成一片。

团长闻讯赶来时，浓烟还未散去。团长喘着粗气问："有牺牲的吗？""没有！只有一个战士的手指头被炸断了，卫生员正在为他包扎。"一个战士向团长做了汇报。爱兵如子的团长这才稍微放宽了心。团长继续检查事故现场，发现受伤的戴荣方此时却在一旁傻笑着。团长看着这个宣威战士，竖起大拇指对他说："好样的，你是'黄继光式'的英雄呀！谢谢你，不然这附近两百多名战士都飞上天去了。"团长一边说着，一边笑着，很多战友也都围过来认真看这张熟悉的面孔。戴荣方的许多老乡也来看这位英雄，一时间人山人海。团长向战士们挥挥手说："同志们！各就各位，大家都回到各自的工作岗位上去，让老乡多看看我们的英雄！"战士们便各自工作去了，戴荣方的老乡们你一言我一语地对他夸个不停。

1965 年春节前，昆明军区召开学习毛泽东同志著作英模大会，会上有记者问戴荣方："当你抱着冒着火花的炸药桶时，你想到过会被炸死吗？当时你心里是怎么想的？"他"嘿嘿"地笑着说："为了人民的利益和战友们的生命安全，我死了也是值得的。"

（凌远来 《铁道兵情怀·记忆》2018 年）

难忘，鏖战在大山里的岁月

黄开士

谨献给堪称人类征服自然的不朽杰作，世界铁路建设史上又一奇迹工程——成昆铁路胜利通车 50 周年。

——题记

1965 年 9 月中旬，在云南宣威通向四川凉山的国道上，一辆接一辆的解放牌军车，在夺路前行的指挥车的带领下，翻山越岭、过沟跨堑、风雨无阻、日夜兼程直向目的地进发。

这是我们连队的一次远程转移。出发前已听连长讲，我们连要去那里同兄弟部队一起，承担一项新的铁路建设工程——成昆铁路某隧道施工修建任务。

当军车开至相对平坦的山腰处时突然停下，只见打前站的战友已在那里笑迎我们。原来，这里就是我们的目的地，是我们要投入的新战场！

第二天上午，全连整队到工地，先观察"战场"，然后就地召开动员大会。

会上，连长简要介绍了这座隧道的地理位置、周边环境等，根据隧道施工特点和技术难度，做了工程施工动员。指导员结合国内外形势特点，讲了加快成昆铁路建设的重大战略意义。

经短暂的生活安顿和施工准备，随着一阵接一阵惊天动地的隆隆炮声，一场向大山开战、同大山较量，同"敌人"争时间、抢速度的激烈战斗，就在这沉寂千年的大山深处迅速打响。

征服"山魔"，我们都是嗷嗷叫的"穿山虎"

营房距施工工地即大山凹口横洞约 1.6 公里，每天上下班来回要花近一个小时。刚开始上班，我们如一群活蹦乱跳的牛犊、虎崽，劲头十足，激情蛮高，对任务的艰巨性和隧道施工的复杂状况，无多考虑。待我们真的进入角色，投入施工，才真实感受到实际情况与原来想象的相差甚远，仅凭大家的激情和热血，不足以加快施工进度，破解施工难题。战斗打响了，我们虽然勇于冲锋陷阵，但初上阵的那段时间，工作开展并不顺利。其主因在于洞内情况异常复杂，我们还极不适应。

成昆铁路所经山脉，多数在强烈地震带上，沿线普遍存在地质松软、岩层破碎等特点，在山腹里开挖修筑隧道，需要克服塌方等多重困难，整个工作险情丛生。我们连参与修筑的这座隧道，这种情况尤为突出。刚从横洞转向导坑，就出现破碎不堪的浅黑色煤碛石构造，不仅地层特别松软，极易坍塌，而且岩层中还有小若拳头、碗口、大

到如桌椅、厨柜，甚至直径几米、十几米不等的卵石和块石不时坠落下来，让人防不胜防；洞内渗水严重，到处滴漏如雨，发出滴滴答答的声音；开动风枪，粉尘、水气弥漫整个导坑，不仅把灯光变得昏暗，场景也变得阴森恐怖；一些地段又遇上较大流量的透水，水泵一停，就淹进导坑，等等情况。据连里工程技术人员讲，他曾参加过其他铁路的几座隧道施工，从未见过这么古怪的地质构造。这可是座邪魔之山，打隧道就如同跟"山魔"格斗。的确，在这洞内施工作业，险象环生，我们感觉头上无时无刻不悬着一把"邪魔之剑"，我们无时无刻不在同"山魔"较量，以征服"山魔"为最终目标。

在征服"山魔"的战斗中，我们面临许多难题：欠缺施工经验和施工技能，设备简陋，作业方式原始，现场出渣进料等费劲耗力……这足以表明，我们所要对付的"敌人"的确非同一般。为按时按质完成上级下达的任务，连里采取了许多办法和措施，不仅在很大程度上提高了部队征服"山魔"的作战能力，而且还锤炼了一支特别能吃苦耐劳、排难除险、善打硬仗的战斗队伍。

在施工现场，战友们不管任务多重、险情多大、条件多恶劣，总是扑下身子，甩开膀子，苦干、实干、拼命干。操风枪的战友一如战场上的机枪手，向岩层开战，不顾粉尘扑面，热汗浇身。推斗车装运备料和石渣的战友，活像体育赛场上的田径运动员，推着斗车来回奔跑；在没有装渣机的情况下，则凭借双手和手中工具，将石渣倒进斗车；见到大的石块，就当举重运动员，奋力抱起抛进斗车，一人抱不起的两人抬，两人抬不动的再上一人。到下班时，一个个干得满身泥水、满面粉尘、筋疲力尽，但无人叫一声苦、说一句累。经一夜休整，第二天，战友们又恢复了精力和体力。而这等高强度劳作不是一阵子，而是持久战。

我们连队因为圆满完成任务，战绩突出，第二年就跨进了团里的先进行列。团宣传部门特派专人来连采访，写了一篇通讯，赞誉我们是群嗷嗷叫的"穿山虎"！

青春喋血，穿越生死界的几多惊人壮举

"掌子面，生死界""洞内战塌方，好比过鬼门关"，乍一听，骇人听闻。但若走进施工现场，走到掌子面，就会发现，这是筑路战士的切身感受。

洞内施工，尤其在特殊地质条件下，即在易塌方的导坑里作业，很难避免流血牺牲。可以说，每挖掘一米，付出生命的可能就多一分。把它比作生死界、鬼门关，一点也不过分。

面对可怖的施工现场，战友们是否见之生畏，望而却步呢？不！大伙攥紧拳头表示：纵使青春喋血，也在所不惜！因此，施工中，战友们受了伤，哪怕受了重伤，都能强忍疼痛，保持镇静，不为后果所忧。

爆破手杨泽方在一次装炮时，他一个不经意的举动击爆了雷管炸药，炸出的碎石将他的左手齐手腕处砸飞了。赶来营救的战友，见他摇着溅血的手肘像摇着火把一样，既没叫痛，更没流泪，只说了句："糟糕！我这手没了！"

战友唐天新，在一个深夜班施工中，正同大伙扒渣装车，挥汗大干。此时，一辆拖着6个载重斗车的电瓶车在沿坡道转弯时，最后一个斗车的插销被磨断了。"掉队"的斗车如脱缰的野马，直向道坑内奔跑。见此情景，唐天新急忙抓起一根木棒，冲了过去，试图用木棒把车刹住。但斗车由于速度太快，又受到强阻力而向一边倾倒，斗车边缘从唐天新的右小腿擦过，造成他右小腿骨折、肌腱擦坏。伤治好后，他右腿落下了病根——走不了远路。唐天新在一定程度上丧失了劳动力，但他没有背上思想包袱，如同以往活跃在施工现场。

开搅拌机的战友叶兴良，曾一度受到大伙的羡慕。一天，在灌注大塌方地段前，他唯恐搅拌机出岔子，便提前到工地维修机具。他因背靠搅拌机料槽一侧检查电源线路，错揿了开关键。料槽一下"抬起了头"，把他掀倒在地。战友们到现场时见他躺在地上，面色铁青，一动也不能动，立即把他送往医院。经检查，他的腰部肋骨粉碎性骨折，

一只肾脏严重破裂，医院当即给他做了肾脏摘除手术。出院后，战友们关切地问他："就一个肾了，往后怎么办？"他笑着答道："这有啥，命还在，照样干！"

在我们军营内部，至今还广泛传扬着湖南籍战友、班长向望坤的动人事迹。

向望坤推着空斗车向洞内奔跑，全然不知前面的轨道上卧有一块刚从导坑顶部掉下来的石头，斗车撞到石头"哐啷"一声跑出了轨道，他应声倒在了乱石块上，双手和两膝盖大面积受伤，鲜血淋淋，经现场卫生员简单包扎，他又继续推车上阵。

为保护战友的安全，向望坤在导坑里的通风管高压接头脱爆，在战友生命安全受直接威胁的危急时刻，他临危不惧，猛扑过去抢修，身上多处受伤而没有皱一下眉头。

导坑炮声刚停，向望坤就抓起钢钎冲进去撬危石。透过昏暗的灯光，他发现导坑右侧顶部有险情，就爬上导坑左侧，欲将险情排除。此时，塌方发生了，照明线被折断了，整个导坑漆黑一团，他的身子随滚动的乱石下滑，后被石块卡住双腿。直到照明恢复，他才被大伙救出，脱离险境。

1969年5月4日晚上，向望坤带领全班在导坑里冲刺，誓以新的日进度，向"五四"献礼。他见右边墙上悬着一块方桌大的巨石呈欲坠状态，跑过来指着巨石向我建议（我刚到此排任副排长）："打个浅眼把它炸掉！"我感觉他的建议好，就当即表示"行"！

我同他一块行动，他掌风枪，我拽钻杆，向巨石猛烈"开火"。

现场风枪怒吼，气氛格外紧张。两眼死死盯住巨石的他，陡然发现巨石周边有掉小石渣的现象，他凭经验断定巨石就要坠落，他便拉开嗓门呼喊："快撤开，要塌方了！"喊声刚落，只听"轰隆"一声巨响，巨石凌空压下，我同周围的几名战士闪开了，可他的右脚连风枪一起被压在了巨石下。昏迷中的他，还在轻声地念着："战友们没事吧！风枪好的吧！"从此，他失去了一条腿。疗伤期间，他乐观向上，积极配合医生治疗，表现出一名筑路战士的坚强意志和硬骨头精神。成昆铁路胜利通车时，他荣立了一等功，成为《人民日报》《解放军报》《四川日报》等多家报纸向全社会宣扬的又一位英雄楷模。

俗话说："见惯不惊，习以为常。"在隧道施工中，或这样受伤，或那样流血，可谓是经常发生的事。对此，无论谁都要有足够的思想准备。

我的同村战友唐万兴，被坠石砸断了半个脚掌，退伍后被安置到县烈军属社工作，日子过得很快乐、很满足。

战友冯家龙，一只耳朵的鼓膜被炮声震裂，治疗后那只耳朵仍重度听力下降，人们唤他"冯聋子"，他从不生气，反说："聋了好哇，我再也不怕老婆骂了！"

隧道施工就是打仗。对于风华正茂的年轻战士而言，如果说不怕流血是军人的本色，那么，无畏牺牲更是军人的至高境界。在几年间

的施工战斗中，献出宝贵生命的伟大壮举，屡见不鲜。

一天早上，两座隧道中间只隔一座几十米长旱桥的友邻部队传出噩耗：刚从石家庄铁道院毕业分配来到大山、走进隧道工地的一名实习技术员，才轮到上第二个工班，就被导坑里的哑炮夺去了年轻的生命。与他同时牺牲的还有一位战士，个子不高，但腰圆腿粗，力气大得惊人，据说他可以背扛三包总重量达 300 斤的水泥在山道上小跑，人们管他叫"大力士"。当天，导坑里放炮后，"大力士"操着一根 1 米多长的扁端带口的大弯头钢钎撬危石。撬了一遍之后，当他刚停下来挂着钢钎松口气时，哑炮响了，石头劈头盖脸地砸了下来，大弯头钢钎划破了他的胸腔。"大力士"就这样离开了人世。入棺时，战友们特地摘取一束红木棉花，轻轻地放在他的胸前，以寄托哀思，愿他伴着火红的花束安息！

经受考验，岂止在险象环生的隧道工地

隧道施工，是在险象环生的高危环境里作业。恶劣的自然环境、艰苦的生活条件，也是一种考验。

在各种考验中，恶劣的自然环境，无疑是一种极为严峻的考验。

初进大山时见到过一条河，后来得知它的名字叫安宁河，河之两岸滋腴润泽，流出一路丰美，但它又喜怒无常。因河床位于巍巍两山之间，时有从山上坠落的巨石滚入河底，形成无数卷浪、漩涡和水下"暗堡"，倘若此时有人下到河里，准被河水吞噬。我们连队

刚到那里不久，就有一位战友在河边洗衣服时，招致不幸。据闻，兄弟部队也时有战士溺水身亡。

往返于营地和隧道工地之间的约 1.6 公里沿山公路，虽然路面平坦易行走，但由于山势陡峭、岩石松软，每到雨季，随时有滑坡、塌方等险情发生。就在我们投入施工的第二年夏天，一个暴雨不停的夜晚，两战友在给工地送材料的路上不幸遇上山体塌方，一飞滚下来的岩石从走在前的那位战友身边擦过，他幸免于难；走在后面的那位战友一头倒在泥石里，全身多处受伤。

驻地环境恶劣、气候多变。春天，漫山遍野花草飘香、雀鸟啼鸣，呈现一派原生态自然美。可惜好景不长进入夏季，不但赤日炎炎、酷热无比，且时有暴风雨奇袭，山体滑坡、泥石流等自然灾害频频发生。

记得我们连队扎营于此的第一个夏天，就碰上了一场不小的自然灾害。大约夜半时分，一块如面包车大小的巨石拖泥带水，从连部营地背后的数十米高的山岩上坠落下来，撞倒土坯墙、冲过会议室、直滚进一道深沟。好在会议室无人，熟睡在会议室两旁屋里的文书、通讯员幸免于难。但当晚造成的损失仍十分严重：建在沟坎上的两排营房被洪水、泥石流冲得东倒西歪；战友们虽火速撤离，但还是有多名战友身陷泥水，被石头砸伤；许多衣被和生活用品被埋进了泥石流。第二天，全连上下又得赶建房屋，再次付出艰辛的劳动。

我们在那里施工的几年间，每年都要碰上少则一次、多则数次的山洪、泥石流袭击，只是危害大小不同而已。

我们曾见到山体滑坡，设在山嘴前的一小卖铺整个儿滑入坡下的安宁河。

我们还听闻过离驻地不远的一支铁路工程队全部牺牲的悲惨事件，在一个雨夜，洪水、泥石流把正在沉睡中的 50 多名筑路工人一下子吞没。安葬那天，几十口黑漆棺木在曲长的山道上缓缓行进，送葬人群的哭声和泪水哀恸了远近山谷……

　　在我们的记忆里，副连长李大才的故事最为悲情。他是贵州人，既是位"干"出来的干部，更是个心中无自我的铁汉子。他一心扑在工地上，夜以继日组织指挥施工或带头苦干。面对危险拦路，他总是舍生忘死，以自己的行动为战士们开路。他心系铁路建设，已是30出头的人了，不顾家中年迈父母的催促再三推迟婚期。近半年间，他利用出差或节假日暗暗购买了一些结婚用品，做好了年内完婚的打算。就在他决定启程回家的两天前的下午，他沿袭离队前夕和归队当天都要到工地参加战斗的习惯，他见到推斗车的小陈汗流浃背，有些疲累，就要他休息，自己替他推。谁知，当天下午大雨滂沱，安宁河洪水猛涨。他把斗车推至河岸时，忽然打来一排洪峰，冲斜了架设小钢轨的排架。他与脱轨的斗车一同掉进了奔腾咆哮的滚滚洪流，再也没有回来……如此悲怆一幕，至今回想起来，还让我们撕心裂肺。

热血筑成昆　青山映忠魂

王万红

34 年前，铁道兵某部的官兵们以生命和热血铺筑了举世闻名的成昆铁路。34 年后，一群文艺工作者要用电视剧的形式再现当年的壮举。历史再次在人们的视线里清晰，当年的铁道兵战士们再次成为人们关注的焦点。虽然，这些当年的勇士们都已"解甲归田"，但走近他们依然可以感受到他们的激情，能够强烈地体味那段激情燃烧的岁月。

张延龙：在成昆线长大成人

高高的个头，挺直的腰板，想象不出 15 岁参军时的他是个瘦小的"小不点"。从"小不点"到"大个头"，是他所在的班级让他迅速成长。抬土时，十八九岁的"老"同志总把杠绳朝自己身边移，以减轻他这边的重量；吃饭时，饭不够，干部就装病，让他先吃饱……一年后，他就开始蹿个儿，17 岁时，他已经是能带着 16 名战士打隧道的爆破班副班长了。

他在班级里的成长不仅在身体上，更在于意志力和力量。短短的几年内，他成了班里的技术能手。

打风钻是"强体力劳动"。每天，张延龙和 16 个战士、8 台风钻要在闷热得像个蒸笼的隧道里连续作业 6 个小时以上。隧道里灰尘、粉尘四处飞扬，呛得人直咳嗽，一天下来，每个人全身都沾满泥灰，脏得不成样，只剩两个眼珠子在转动。风钻把全身的骨头都抖"散"了，耳朵整天都在"嗡嗡"作响。

爆破是危险的活，稍有不慎就会遇险。在响水河隧道的一次施工中，张延龙带着6名战士在隧道里点炮眼。当最后一名战士刚刚点完第130个炮眼时，隧道里的电灯突然全熄灭了，100多米的隧道漆黑一片。张延龙大喊一声："向我靠拢！"6名战士寻着声音跑过来，互相牵扯着，在堆着钢管、电线、风管等杂乱的坑道中摸索着往外走，寂静的隧道里除了急促的呼吸声还能听到引线"滋滋"的燃烧声。走了10多米，洞口突然出现了一束手电筒光，战士们顺着光亮飞奔起来，跑着跑着，身后的第一个炮眼就炸响了。这样的"惊险"张延龙后来也常常碰到。在元谋黄瓜园的一个隧道爆破时，他被炸昏过去，头皮被削掉一块，留下了一个大疤，至今可辨。

成昆线上，每一个战士随时都面临着生与死的考验。一名战士开着矿车去倒矿渣，在一段坡路上，矿车刹不住闸冲下了悬崖。战士跳下矿车，抱住了延伸到悬崖边上的钢轨，荡在10多米高的空中，而后面来的矿车来不及刹住，他的8个手指被齐齐地轧掉了。这样的事故数不胜数：有的战士在排哑炮时被炸瞎了双眼；有的战士在充满灰尘的隧道里干着干着就窒息倒下了；隧道里的草帘子被烧着，有的战士没有及时撤出隧道，被浓烟呛死了；还有的战士因干活太累了，在河里洗澡时就永远地睡了过去……在这支豪迈而悲壮的铁道兵队伍中，张延龙长大了。他不再惧怕困难，不再惧怕吃苦。长期钻隧道作业，他患了矽肺病，脚趾头被砸断，小腿骨被砸伤，几次死里逃生。但他一次次要求超期服役，因为他舍不得离开部队和战友。

朵丽英：在成昆线学会坚强

1967 年，从四川省卫生学校毕业的 20 岁的朵丽英和 29 名女同学参军来到了成昆线，她被分配到师医院做护理工作。

师医院坐落在山头的一块空地上。女兵们住在茅草和铁皮搭起来的房子里，吃水要到很远的山下去挑。朵丽英觉得条件太艰苦，她不知道自己能不能坚持下去。有一天黄昏，她和女兵们来到金沙江边散步，远远就看见一群年轻的铁道兵战士在岸边的大船上卸水泥，很多人背上背着三四袋水泥，身体成弓形、头碰膝盖、一步一步艰难地向前移动。朵丽英悄悄地哭了，她没有想到战士们这么苦。从这天起，她决心在成昆线坚持下去。

施工要运输材料，因山路崎岖，运输车经常翻车，这造成工地的伤亡很大，每天都有不少的伤员运到师医院，医护人员每天忙得像打仗一样，铁道兵第一师 3 团的战士侯洪纪在隧道塌方时被砸断一条腿，他被送到医院做了两次截肢手术，由于术后感染，他的伤口肿大化脓，一股恶臭。朵丽英一点都不介意，每天细心地为他揭开一层层纱布，小心地为他冲洗伤口。下了夜班，朵丽英会主动跑到各个病房，搜来一堆衣服、鞋袜给战士们洗好、缝好。

在朵丽英眼中，战士就是她的亲人，她最怕的就是送牺牲的战士"回家"。有一次，朵丽英参与抢救一名战士，战士因头部外伤太严重牺牲了。朵丽英将战士全身擦干净，给他换上一套新军装，盖上一床新被子。这时黑乎乎的抢救室里只剩她一个人，20岁的朵丽英心里害怕，身体直发抖。可是一想到战士为了铁路连生命都献出了，她一定要让他穿得精精神神地"回家"，她又找出了帽徽、领章，一针一线地缝了起来。新军装的衣领很厚，针穿不透，她就用中指使劲顶，领章缝好了，朵丽英的中指也磨出了血。

经过几年的磨练，朵丽英光荣地当上了铁道兵第一师的第一位女兵排长。

李忠益：在成昆线感悟生命

李忠益应征入伍时是云南大学物理系大三的学生。他清晰地记得新兵开拔时的送行场面。那天，梳着长辫扎着绸花的女友和班上的一群女同学都来到火车站为新战士送行，女友大方地给战友们散发糖果。火车开动了，女友和同学们挥着手向他们说："将来回来时，我们再来接你们！"这动人的一幕，成了以后艰苦岁月中最温馨的回忆。

带着这份甜蜜的回忆，李忠益来到了成昆线，这段艰辛的岁月让李忠益真正感悟到了生命的价值和意义。在无数记忆的点滴中，发生在白虎山隧道工地上的一件事让李忠益终生难忘。那天，隧道即将完工，战士们兴高采烈地完成最后的工序——堵塞隧道拱圈和山体之间的空隙，3名战士正躺在窄窄的夹缝中塞着石头。突然，战士头顶的山体"轰隆"塌了下来，泥沙、石块直直落下来把3名战士严严实实地埋在了里面。正在隧道里施工的其他战士们傻了，昏暗的工地上一片沉寂，没有话语、没有哭声、没有人去抢救。因为一旦挖开山体救人，就会引发持续塌方，伤亡会更惨重。谁都没有办法，只能眼睁睁看着战友离去，而且连战友的遗体都拿不回来。上级命令继续施工，20岁的李忠益在3名战士作业的拱圈顶上凿了个小洞，拿出一枚5分的硬币焊在了那里作为标记，他想等铁路修成后，他还可以再来这里看看他的战友们。

还有一件事也让李忠益刻骨铭心。在团部机关大院，每天战士们出操，总有一个30多岁的"特殊女兵"跟在队伍里，她披散着头发、戴着顶大盖帽，在队伍里横冲直撞。战士们都让着她，因为她是团副政委刘恒太患了精神病的妻子。几年间，刘副政委没有时间照顾她，更没有精力带她去治疗，她就在大院里疯跑着。李忠益常常站在屋檐下，看着远处的大山思索，如果施工条件再好一些，工期能缩短一些，或许，战友和他们的亲属们的牺牲就能少一些。回忆往事，李忠益说，很多老铁道兵都会不时回成昆线走走，去看看长眠在那里的战友，去找寻那段记忆深处永不磨灭的时光和岁月。

每个人的生命都会因特定的历史条件和环境而被塑造出不同的轨迹，在短暂的生命历程中，有人奉献，有人索取，有人辉煌，有人黯淡……这些在成昆铁路战斗过的铁道兵，在他们的生命轨迹中，因为一条铁路刻下了浓重的一笔，他们的人生因此而充满了无畏与勇气、体现了无私的奉献和博大的爱。

（王万红　《铁道兵情怀·记忆》2018 年）

身边的英雄

李占荣

那是如花似玉的青春年华，我们从五湖四海汇集军营。队列中那轻擦裤缝的声音和笔直挺拔的身影是那样整齐、青春、帅气；那铿锵有力的正步声，是一首首迈向胜利的凯歌，我怀念那滚烫的军中岁月……

如果说"逢山开路，遇水架桥，铁道兵前无险阻；风餐露宿，沐雨栉风，铁道兵前无困难"是铁道兵战斗生活的真实写照，那么乐于吃苦、百折不挠、艰苦奋斗、"明知山有虎，偏向虎山行"则是铁道兵无私奉献的主要体现。在修建成昆铁路的岁月里，涌现出无数可歌可泣的英雄人物。我们22团的黄富才就在其中。

1973年9月29日，四川日报头版刊登了一篇文章，文章讲的是同年9月28日，一位解放军战士奋不顾身，在铁路上拦截惊马英勇救列车的英雄事迹。部队首长见报后，立即派人寻找这位不知名的战士，通过多方查找，终于查出这个解放军战士就是我们22团2营8连班长黄富才。事情是这样的，一位农民赶着一辆马车途经铁道，这时一列火车快速驶来，这位农民使劲抓住缰绳想停下马车，谁知马受到惊吓，扬蹄狂奔冲向铁路，此时火车已来不及刹车，所有的人都惊呆了。眼看一场不可避免的事故即将发生，人民群众的生命安全受到严重威胁。就在这千钧一发之际，只见一位站岗的解放军战士奋不顾身地冲上铁路线，用自己的双手将马车使劲地向铁路外侧推，成功地将受惊的马

连带车身推下铁道。火车载着旅客与这位解放军战士擦身而过，火车司机拉着鸣笛向这位解放军致谢！车厢里的乘客看见这惊心动魄的一幕，挥手向英雄致敬！

黄富才的事迹被公开后，他荣记二等功一次，被誉为"欧阳海式"的英雄，成为铁道兵学习的榜样。

光阴似箭，日月如梭，转眼间，我已年过六旬。我想念军中的岁月，怀念那种战友的情感，怀念那种艰苦奋斗的精神，怀念坚定的共产主义信念。在我的内心深处还珍藏着那些和我们手拉手肩并肩共同战斗、生死与共的战友的身影。我们怀念牺牲的战友，他们为建设我们伟大的祖国贡献出自己年轻的生命，人民会永远记住他们。

（李占荣　《铁道兵情怀·记忆》2018 年）

岁月留痕

秦文富

1968 年 11 月，我穿上草绿色军装离开了家乡，成为一名中国人民解放军铁道兵。多年的梦想得以实现，我感到非常荣幸。

县上集中报到的第二天，我们乘坐接送新兵的车辆从师宗出发，沿途的风景很美丽，很壮观，这就是我们祖国的大好河山，我们为之自豪。我们看到成昆铁路沿线成千上万的铁道兵战士和筑路工人为早日实现成昆铁路通车正在紧张地战斗着。热烈而又壮观的施工场面激励着我们，我们恨不得马上就投入这一宏伟的战斗中。

经过四天的旅程，我们到了部队新兵训练营地——四川省米易县撒莲公社，我们立即投入了紧张而又艰苦的军训。1969 年 1 月 26 日的深夜，紧急集合的号声突然响起，我急忙出去，慌乱中不慎摔倒在地。更不幸的是，我把背着的一支 53 式步枪的枪托给摔断了，当时的我既难过又着急，心想这下肯定要挨处分，越想心里越紧张。此时，排长和连长走到我身边问我摔伤没有？我告诉他们人没有摔伤，但我把枪托摔断了，连长和排长首先安慰我说不要害怕不要着急，今后要多加小心。后来他们又语重心长地说当兵的人没有枪怎么打仗，没有枪只会被敌人消灭掉，只有爱护手中武器像爱护自己的生命一样，才能更好地保护自己。虽然，这种枪是用来训练不是打仗的，但是也要保护好，今后一定要吸取教训。后来，我在训练及行动做事时都特别地谨慎小心。

新兵训练结束后，我被分配到 24 团 4 营 19 连，连部驻地位于米易县垭口公社，我们一分到连队就投入垭口隧道紧张的攻坚施工中。1969 年 6 月下旬，垭口隧道施工刚接近尾声，团部又命令 4 营所属连队火速赶到渡口市参加该市九道拐近三公里的长隧道攻坚战。接到命

令后，全连短暂地准备了两天，第三天早上吃完早餐，连队便离开了垭口赶往九道拐隧道。

九道拐隧道是成昆铁路西南段最为难攻的隧道之一，境内险山恶水，悬崖陡壁峡谷深，举目一线天，低头万丈深渊，地无三寸平，迈步如登山，也是我们铁道兵第五师最为难攻的一个工程。我们连队营房驻地位于第九个拐的深山峡谷处，背后山高入云，前面悬崖峭壁。经过几天的营房整理，我们便投入紧张的战斗中。九道拐隧道全长2800多米，地质结构复杂，地下有石质坚硬的水帘洞，雾雨蒙蒙。破石艰辛，时间紧，任务重，为尽快地实现1970年7月1日接轨通车的目标，部队决定采取两头掘进、分段突破的战术，我们营承担的是中间横向打洞和两头突破的任务。在那艰苦的岁月里，全营干部战士发扬一不怕苦、二不怕死、敢打硬拼的精神，在不到一年的时间就实现了该隧道的全线贯通。

隧道内由于地质结构复杂，石质坚硬，随时都有哑炮存在的可能。有一次17连的川籍兵冷长明班长，带着一个皖籍兵在打第一排炮眼时，就不幸遇上了哑炮，由于风枪的压力和震动力过大，导致哑炮爆炸。皖籍兵身负重伤，冷班长面部沾满碎石，他们俩被及时送到团部医院抢救。营部首长通知各连O型血的战士及时赶到医院献血，我也为受伤的战友献了血。经部队医院的努力和战士们的献血救助，两个人的命保住了，但这位皖籍兵由于受伤过重、肝部破裂严重，导致双目失明，团部首长为解决这位战友今后的生活问题，报上级批准把他送到了军队疗养院。

那时的渡口不像今天这般物资充实，部队同地方一样，各种物资实行计划供应，连队为改善生活，响应毛泽东同志的号召，自己动手丰衣足食，在空余时间开展农副业生产。记得1970年7月17日那天，吃完中午饭后，和我同县且一起入伍的战友窦友模为改善连队生活，利用中午休息时间，挑粪水去浇班里种的蔬菜，在返回的路上被一辆

黄河牌的汽车撞倒负伤。我得知后很快将其事报告班长刘国青并和他一起把窦友模送到团部医院抢救，虽医生已尽力抢救但窦友模仍因伤势过重，最终献出了年仅 19 岁的宝贵生命。

1970 年 7 月 1 日那天，当庆功大会的会场上宣告成昆铁路正式接轨通车，攀枝花钢铁厂正式炼出铁水，列车从昆明开往成都方向跨越金沙江大桥拉响气壮山河的汽笛声时，铁道兵战士和筑路工人的欢呼声、呐喊声，震动着大西南的崇山峻岭。

成昆铁路通车后，我们又投入狮子山矿区的大会战。狮子山是攀钢的采矿区，储藏着大量优质丰富的冶炼优质钢材所需的矿产资源，由于矿藏埋藏地山势过大，为了使采矿取得更好的效果，经报国务院批准，指挥部采用大爆破的方式把土层炸松以便开采。该项工程由成都设计院和长沙设计院联合设计，针对该矿山范围过大、压力过重的问题，联合攻坚采用上下两层爆破的施工方式，在爆破时要使山的上半部提前几秒钟爆炸减轻山的压力，这样下层的爆炸才会有好的效果。矿山大爆破的任务落在了我们铁道兵第五师 24 团 4 营、

5营和2附10号信箱工人的肩上。恰好此时我被连队抽去"支工"，和配属我们营施工的10号信箱的工人同志们同学习同工作。我们配合其他兄弟单位，经过三个多月的时间对12000吨炸药进行了装运安埋，放炮时间经中央批准定为1972年7月10日中午12时正。为确保安全，团部统一部署，把所有包裹埋在地下。我们和工人在放炮的头一天，就全部撤离到金沙江边的大山上，远离狮子山约15公里处躲炮，大家等啊！看啊！终于等到第二天中午十二时正，一声巨响，地动山摇，攀枝花狮子山大爆破获得圆满成功。遥望那滚滚浓烟从远方的深山峡谷升起，天空烟雾弥漫，大家激动得跳起来，高呼"我们胜利了！""中国共产党万岁！"这就是广大铁道兵指战员和筑路工人，在铁路建设和渡口钢铁基地建设中为国家的国防建设和经济建设所创造的伟大成绩。

1975年3月，我退伍回到故乡——师宗县竹基公社永安村。我曾先后参加了本地五一煤矿及水电站的建设，在工作中我始终保持军人的本色，发扬铁道兵精神，兢兢业业，埋头苦干。铁道兵军旅生涯的磨练，使我在工作中，尤其是在担任地方煤矿领导时，能较好地完成上级交给的任务并有所成就。铁道兵精神、思想、作风对我们的教育和影响将代代相传，辈辈受益。

（秦文富　《铁道兵情怀·记忆》2018年）

永远的 20 岁

——记为渡口支线献身的战士孙剑明

洪承惠

成昆铁路上的渡口支线，是通往攀枝花钢铁工业园区的铁路支线。为保证攀枝花钢铁基地在"七一"能出铁，上级决定在 1970 年 6 月实现渡口支线通车的目标。渡口支线的九道拐隧道的施工正在如火如荼地进行，掘进速度一浪高过一浪，打通隧道的日子指日可待了。

1970 年 4 月 17 日，是一个年轻铁道兵战士实现人生誓言的日子，他的名字叫孙剑明。

这天，25 团 22 连副班长孙剑明在 4 月 16 日上了夜班后，听说班长因故不能带班的情况，主动要求带班。他又与战友们整齐列队，高唱着"下定决心，不怕牺牲，排除万难，去争取胜利"的歌曲，意气风发地从营区向隧道洞口行进。

每一轮掘进的程序为：钻孔、填炸药、爆破、通风除尘、安全检查，在确保无隐患与危险后，才能进洞进行出碴与新一轮掘进施工。

在等待通风除尘、安全检查的休息时间，一个老兵与孙剑明在洞外并肩席地而坐。

"孙班长，你咋这么犟呢？司令部要调你去机关工作，不管是临时出勤还是调去当文书，那都是提干的必经之路哇！你却要等通车后再说？让别人'捡了个便宜'。"

"你别胡说，团机关需要人是真的，别人调去也是符合条件的。"

"那你为什么不去呢，憨不憨！"老兵不解。

"父亲送我到部队时，一再叮嘱我，你是红军的后代，又是城市兵，到部队要在艰苦的施工第一线多锻炼、多做贡献。我1968年当兵，到现在还不满三年，成昆铁路、攀枝花钢铁基地是毛泽东同志亲自决定的三线项目，我决心要干到亲眼看见成昆铁路与渡口支线修通的那一天。"

很快，到了可以进洞钻眼的时候了。孙剑明与战友们展开了新一轮掘进。在隧道的掌子面，钻眼工按照工程师在掌子面上确定的炮眼位置，用湿式凿岩机（带防尘水管的高压风钻，也称水风枪）向岩层发起进攻，随着"突突突"的风枪声不断向岩层深处挺进，大部分粉尘与防尘水一起从洞眼中溅出，粉尘雾水弥漫在空中，洒在战士们的脸庞上，战士们的脸就像抹上了天然的隧道防护色，只有两只敏锐的眼睛显示出一往无前的神勇。

钻眼程序结束后，孙剑明与战友们一起在掌子面上紧张有序地往炮眼里填装用防潮纸包扎好的炸药。他反复数了每一排炮眼的数量，检查了导火索联结情况。引爆前，他照例最后一个撤出隧道。

喧闹的隧道施工现场一下子沉静下来。

轰、轰、轰……

一阵炮响后，担任数炮的安全员报告说："今天的爆破声节奏与正常的爆破不大一样，听不清炮的准确数目。"

"可能有瞎炮，不查清楚不要进洞！"现场指挥员发出命令。

担任过安全员的孙剑明抢在前面说："我对炮眼布置最清楚，我先进去察看一下。"

不待回复，孙剑明一个箭步冲上前去。九道拐隧道是一个"烂洞子"，穿越一个地质断裂带，是个易发塌方的隧道。多次遭遇塌方的经历使他积累了一些判断爆破后掌子面可能出现的险情的经验。

孙剑明整理了一下头上的藤制安全帽，拿着手电，顶着爆破后的烟雾与浓烈的粉尘，快速穿过下导坑的支撑排架，来到了排架的尽头，进入掌子面的爆破区。

被爆后的岩面，如吃人的魔鬼，怒瞪着进洞的战士，岩石突出的獠牙将孙剑明的袖管撕破。孙剑明他小心翼翼地走进乱石堆，全神贯注地查看爆破面的情况。

就在这时，"咚"的一声巨响，岩顶上突然掉下一块巨石一下子把孙剑明砸倒，随之坍塌下来的乱石瞬间就将他掩埋其中……

为了排除险情，孙剑明勇敢地冲在最前面，献出了年轻的生命。

战友们在清理遗物时，在他的学习心得笔记本中，发现这样一段话："三线建设是党中央的伟大战略决策，牵系国家安全与经济发展的命运，也是振兴中华民族百年大计。能投身在这么伟大的工程建设中，是铁道兵全体指战员的光荣，是我一生的荣耀，我要为此奋斗终身！……打隧道虽然危险，但人总有一死，要死得其所。张思德就是我的榜样。当革命需要时，要毫不犹豫勇往直前，把生的希望留给别人，把死的危险抢来自己担当。"

孙剑明为之献身的渡口支线，是攀枝花矿区支线，是成昆铁路通往攀枝花钢铁工业基地的动脉。该支线在成昆铁路线上的三堆子车站分岔，通过青龙山隧道，横跨雅砻江大桥，沿金沙江而上，蜿蜒西进，再通过若干条专用支线，像串糖葫芦一样，把金江车站、朱家包包、兰家火山、尖包包、弄弄坪攀钢炼铁、炼钢、炼焦、轧钢等大型工厂以及河门口和格里坪的电力、洗煤、水泥、木材、石灰石矿等产地连在一起。

孙剑明烈士的事迹深深地鼓舞了大家，奋战在这里的铁道兵指战员们提出了"连续奋战70天，誓师拿下渡口线"的口号，战友们昼夜不息地战斗在隧道、桥梁、车站、路基上，施工进度突飞猛进。

孙剑明牺牲几天后，部队领导来到他成都市的家中。孙剑明的父亲是四川省民政厅厅长，当他听到儿子牺牲的消息，双手紧捂住脸，泪水从指缝中滴出……

没想到，孙厅长难过之后说的第一句话是："当兵就要做好牺牲的准备。"

当部队领导询问他有什么困难与要求时，这位老父亲说："剑明是为革命牺牲的，值得。他的两个哥哥孙剑锐、孙剑光和侄女段海燕立志要接剑明的班。我请求批准他们到铁道兵部队去完成在成昆线、攀枝花的建设任务，用实际行动继承剑明的遗志。"

1970年6月28日，渡口支线正式通车。在庆祝大会上，有三个不同寻常的新兵。从此，修建攀枝花钢铁工业园区铁路专用线的队伍中增添了生力军。

孙剑明长眠在金沙江畔的一块高坡上，永远20岁的英灵，时时守护在铁路旁，刻刻聆听着列车的长鸣与钢轨中发出的美妙节奏。

历史不会忘记他，人民不会忘记他。

孙剑明永垂不朽。

我是一个兵

周小苟

我为自己能成为一名铁道兵而感到由衷的高兴，心中充满了激情和自豪。到部队后，我被分配到铁道兵第五师25团2营9连风枪班，主要任务是承担隧道的掘进与爆破工作，这项工作是铁道兵中最为艰苦和危险的，作业人员要具备一定体能和技术，爆炸所产生的灰尘随时危害着作业人员。

那时我刚入伍，对分配产生了抵触情绪。心想别人都能分到好的工作，我怎么就分到这么艰苦的工作呢？情绪一度低落，思想总在波动。工作一段时间后，看到老兵和身边的战友们都在兢兢业业的工作，我问自己为什么就不能像他们一样呢？人家行，我为什么就不行？经过一番自我思想斗争后，我才端正了自己的态度，认识到祖国的国防事业需要我们为之付出。那时候，《钢铁是怎样炼成的》一书也给了我巨大的启示。我暗下决心，"我是一个兵，立场要坚定！任凭祖国召唤，哪里需要我就到哪里去。"军人的使命感激励着我，使我在部队走过了8个不平常的春秋。

1969年到1973年，我部奉上级命令，担任攀枝花钢铁运输专线咽喉要道"新庄隧道"进口2000米隧道施工的任务。当时正临近中国共产党第九次代表大会召开。我们连尤其是我所在的风枪班，是开通隧道工程的先锋和主力，也是整个工程能否顺利完成的关键。铁道兵刘贤权司令员亲临我部视察并做重要指示，营连首长先后又做了施工前的动员，要求全体指战员继承铁道兵的光荣传统，并指出："铁道兵对祖国国防事业建设和新中国的发展壮大起着极为重要的作用。你们的工作任重而道远，你们的任务艰巨而光荣，你们要英勇顽强，以大无畏的革命英雄主义精神，接受党和祖国人民的考验，展现铁道兵的光辉雄风，为'九大'的召开献一份厚礼！"部队首长的动员振奋和鼓舞了全体指战员的革命斗志，全场口号震天："下定决心，不怕牺牲，排除万难，争取胜利！不辜负党和祖国人民的期望，坚决完成任务，为铁道兵再增光辉！"

紧张有序的工作轰轰烈烈展开。我和全体战友信心百倍、斗志昂扬，积极投入施工作业。当时设备简陋，条件有限，加之地下不时有水冒出、塌方随时会发生……这些都给施工带来重重困难。在一次作业中，我排6班老班长杨远孝遭遇塌方，被巨石砸得脑浆四溢，口、鼻、眼鲜血直流，极为惨烈。但是，危险吓不倒我们，也影响不了我们每个战士的思想和斗志，战友们夜以继日忘我工作，每天一干就是十多个小时，无人叫苦叫累。

一天，我突然收到家中急电："父亲病危速回！"施工正紧，我没向领导汇报也没回家。两天后我又接到急电："父亲去世！"噩耗传来如晴天霹雳，我心中悲痛万分，难以接受。怎么办呢？在这关键时候，我又是风枪作业中的技术骨干，技术作业处理还少不了我。当时领导也很为难，叫我自己做决定。经过再三思考，我决定舍小家顾大局。家中还有哥哥及亲朋好友，他们会替我尽孝，想必父亲在天之灵会理解儿子的选择。最终我放弃回家为父送终，化悲痛为力量，发奋拼搏，终于按时按质地完成了这段光荣而重要的工程，为党的"九大"召开献上了这份光荣的礼物！

这段工程完成后，我受领导信任调团部培训，同时授予我"铁道风枪作业骨干能手"的光荣称号，并担任新兵教练。当时气候炎热，风枪实地作业，尘雾腾飞"漫游"在火热的阳光下，久久不能散去。

我尽一切所能以身作则、言传身教、尽心尽力做好榜样。经我培训的人员，个个优秀。

1973 年我部奉命转战大西北，修建横贯新疆天山的"南疆铁路"。那时正值严冬，气温零下 40 摄氏度左右，可谓是滴水成冰。战士们不仅要与寒冷对抗，还要与随时都会突发险情的恶劣的施工环境相抗。一天早上刚开始作业，突然发生塌方，岩石无情滑下，埋压了我班 4 名战士和两台风枪。4 名战士危在旦夕，作为班长的我，立刻命令电工火速向连部报急求援，并迅速将 2 名战士救于安全处，又立即返身救第三名战友——我班副班长马庆奎，他已被碎石压住下半身，情况万分危急，我奋力将他救出，可他说，别管我，还有陈谷生在里面。我闻声向里扑去，就在这时，塌方再次出现，战友见状大喊："班长，快闪，危险！"我却什么也没听见，同时我也失去了知觉。待我醒来时才知道，我被闻讯赶来的战士救出送往医院抢救。醒来后我急迫地想知道被埋的同志情况怎么样了？听到他已光荣牺牲时，我悲痛万分，心想我怎么就没能把这位战友抢救出来呢？经一段时间的治疗，我痊愈出院回到了战斗岗位。年底总结时，连队给我记了三等功一次，可我仍时时为没能把战友救出来而感到难过。

塌方事故最终导致我腰部严重受损，我于 1976 年 3 月经部队批准退伍返乡，结束了我 8 年难忘的军旅生涯。

（周小苟　《铁道兵情怀·记忆》2018 年）

血染的风采

朱如统

2008 年我在昆明参加老铁道兵祭扫烈士墓活动。在成昆铁路通车 30 多年后，我是第一次坐上成昆铁路的列车，比起牺牲的战友，我觉得自己无比的幸运。

在铁道兵艰苦战斗过的地方，长眠着很多牺牲的战友。他们把生命奉献给了党和人民，祖国不会忘记他们，他们也一直活在我们心中。

惨痛泥石流

1966 年，我们铁道兵第一师 3 团奉调禄丰，担任明丰青的隧道挖掘工作。可工作没几天就下起了大雨，大雨持续了半个多月。我们连队住在半山腰，山脚住的就是兄弟连队，各个连队的帐篷一个连着一个。但是意想不到的事情发生了！那是在 1966 年 8 月 26 日的夜晚，那天夜里风疾雨大，大概在深夜 12 点 30 分左右，劳累一天的战士们都在熟睡中，忽然听到有人大喊："洪水来了，快撤！"战士们醒来后发现洪水已经淹到了膝盖，解放鞋都已经被洪水冲走，当全排战士们摸黑爬上坎几秒钟后，只听"轰隆"一声响，四个帐篷全被洪水和泥石流冲走了，随之而下的石头差不多有小汽车大。连队即刻清点人数，发现 2 排 6 班的战士廖永安失踪了，战友们四处寻找，都没有找到。第二天兄弟连队在一平浪的大河里发现了他，他被兄弟连队抢救上来送一平浪医院接受治疗，万幸，他保住了性命。我们一个排 52 名战士免遭厄运，这得要感谢我们施忠德副连长。如果不是他的警觉性高并及时将我们唤醒，我们肯定都被洪水冲走了。

可是，住在山脚的兄弟连队就没有我们幸运。他们成班成排地被冲走了，连夜间站岗的战士也没能幸免。当晚我们全排在山上冻了一夜，有的赤着身体，有的穿着湿透的衬衣。那夜的特大山洪导致公路被冲毁，桥梁被冲走，滑坡山体堵住了公路。那次泥石流在云南也是百年以来最大的一次，当天，党中央毛泽东同志、周恩来同志和省各级领导都知道了事发经过，并立即派医疗队前来救治伤员。

泥石流发生后山脚下一片汪洋，铁路桥孔被冲去的石头和杂物堵住，山上的泥水只能从路基上流过。有十多个战友被冲到一平浪河里，很多战友被埋在山脚下 7 米多深的泥石里。这时，我们接到打捞牺牲战友遗体的命令，这个任务沉痛而艰巨。我们用炸药一点一点地炸开堵塞的地方，用了一天的时间把全部积水排完，争分夺秒地把一个个战士打捞起来。牺牲的战友有的埋得很深，有的被卷在帐篷中，有的缺胳膊少腿……大家边哭边打捞，真是惨痛万分！战友们在水里打捞了半个多月，手脚都泡肿了。大家一旦发现战友的遗体就都放下工具用手掏，所以他们的双手一直在渗血。与身体的伤害相比，他们的心中的苦更甚。泥石流瞬间夺走了那么多战友的生命，怎不叫人悲痛。我们老铁道兵永远也不会忘记，1966 年 8 月 26 日那个残酷的夜晚。

1966 年 9 月 25 日，在烈士的追悼会上，我们团长说，这次无情的泥石流夺走了我们 72 个战友的生命。这当中就有我们年轻的副指导员朱坚珍烈士，那时他只有 20 多岁，他是为了救一个战士而被泥石流冲走，当他的遗体被打捞出来的时候已经不成人样了。有的被打捞上来的战士面目全非，因为难以确认，只能按名字排到烈士墓里。大多数战友的遗体我们都打捞了上来，但是还有 4 位烈士被树枝和石头堵住埋得很深，一时无法找到，我们只有把痛苦暂时埋藏在心中，并默默地祝愿牺牲的战友得以安息。现在回想起来，我们与牺牲的战友比起来，是无比的幸运。我们永远也不会忘记他们为革命而献身的精神。

魂断碧鸡关

我出生在一个贫苦农民的家庭，17岁就参加了成昆铁路建设。我们的工作艰苦、枯燥，整天除了放炮炸石就是清理石头。当时没有施工机械，大部分工作都是人工操作。石头用肩扛，用手抬。一天工作下来，战友们肩膀和手臂全都红肿了，晚上疼痛得无法入睡。打眼放炮的同志们在没有水的条件下坚持工作，一天下来全身都是灰。在这样艰苦的工作环境中，战士们的思想出现了波动，如果没有部队这样强有力的思想教育，战士们是很难完成任务的，我们的坚持得益于部队的教育，我们的成长进步也得益于部队的培养与锻炼。

在1964年的下半年，我们连队奉命调到昆明碧鸡关开挖铁路隧道。由于在工作中表现突出，很快，我光荣地加入了中国共产党并被任命为8班班长。我们连的任务是建设上道坑、下道坑、马口和中槽的隧道。打隧道就像在战场上和敌人打仗一样，随时都有生命危险。但我们一

第一代孤石人工作合影

好几个战士都一同上前去搬那块大石头，可那块石头太重了，我们花了整整两个小时才把那个大石头搬开，而我们的 1 班长因流血过多牺牲了，大家都默默地落下了眼泪。易传福班长年轻的生命就这样奉献给了成昆铁路，奉献给了祖国和人民，大家把心中的悲痛化为巨大的力量，奋力拼搏勇往直前，最终提前完成了碧鸡关隧道掘进任务。

尔后，我们转到金沙江边修公路，江边没有桥也没有路，只有船，所以我们也只能坐大船进入施工场地。风沙大、太阳辣，战士们顶着烈日施工，每天都汗流浃背。机械拉不进去就用人工打眼、放炮，每天的饭都是由一个老乡背来分发。虽然生活很艰苦，但是我们都一往无前、坚持不懈。公路修通后紧接着就是开挖隧道，隧道打通后，我们大部分老兵就在这里退役了。我退役后就到宣威羊场煤矿，大多数时间都是在井下工作。井下的工作很艰苦，随时随地都有生命危险，好在我已练就了铁道兵不怕苦、不怕累、不怕死的精神。在羊场煤矿工作了六年后，我又调到省建四公司，并先后参加了水泥厂、电厂、化工厂等工程的建设。

经过铁道兵军旅生涯锻炼的我们，这一辈子，无论转到哪里，无论做什么工作，注定都不怕吃苦的了！以苦为荣，以苦为乐是我们永远的传统。

（朱如统　《铁道兵情怀·记忆》2018 年）

心只想为革命、为建设祖国、为建设社会主义奉献，哪怕是付出自己的生命！

每天隧道里不是风枪声就是炸炮声，整个隧道烟雾弥漫。由于没有过多的机械设备，我们只有靠风枪打眼放炮，然后用三角耙刨出石头，用双手把石头装上车。战士们的双手不知流了多少血，身上不知流了多少汗，但战友们没有一个叫苦，都坚持着，这让我很受感动。但是，危险也时刻潜伏在我们身边。记得一次，战友唐战文在放炮前提前卸下照明灯，因为看不清，不小心把脚伸进水中，当时就触电晕厥了，大家都看傻了。在这紧要关头我急忙拿起身边的一把锄头朝着他的手打去，使之与电线脱离，其他战士马上背起他就往卫生所跑去，在医生的抢救下，他终于脱离了危险。

这样的危险的案例还有很多。当隧道掘进到 7 米时因土质的原因，经常发生塌方，白天我们刚清理完塌方泥石，晚上塌方又再次发生，接连几天都这样。我们的团长看在眼里急在心上，为了早日完成党、国家交给的任务，团长果断下达了新的作战计划——立即成立了尖刀排和尖刀班，我们班光荣地成为尖刀班，全班在接到任务的同时写了保证书。大家心中已做好可能牺牲的准备。第二天战友们毅然戴安全帽，手拿简陋工具进入现场，首长们也亲临现场指挥，战士们积极性很高。大家冒着随时遭遇塌方被掩埋的危险埋头苦干。记得当有一个战士用肩膀托起一根支撑方木，上面塌方的石头不断地砸向他，只见他的头上鲜血直流，班长叫他下去，可他仍然坚持着，就像一根钢筋混凝土柱子一样伫立在那里。身边的战士被他的这种不怕疼痛不怕牺牲的精神所感染，忘记危险坚持工作。在团长、连长以及各领导的带领下，经过五天的艰苦奋斗，我们光荣地完成了任务。可意想不到的事情发生了！我们连 1 排 1 班长易传福在夜间下道坑接班时，突然一块大石头从顶上掉下压在了他的身上，当我们赶到时眼前的一幕惊呆了，一块直径两米的大石头狠狠地压在他的身上，那

忆当年战成昆

任云贵

1969年10月，我从师宗县入伍当上了一名光荣的铁道兵，经过4天的长途奔袭，来到了四川省米易县撒莲公社的新兵训练营地。这次离家远征，是我人生第一次长途之旅。当运兵车队跨越金沙江大桥时，看到那湍急的江水呼啸着向前狂奔，犹如战场上的勇士冲向阵地的前沿。我告诉自己我现在已是一名军人，军人就意味着勇往直前，像金沙江的惊涛那样去刷新和创造大自然的美景。

军民鱼水情

在新兵训练期间的一个深夜，训练营里突然响起了紧急集合的号声，当队伍在操场上集合时，只见撒莲街火光冲天，升腾的火光把一个小镇映照得犹如白昼，一场灭火战随即打响。为了国家的财产、人民的生命安全，全连两百多名新兵跑步到撒莲街上一个水塘边，排成了长队，用水桶、脸盆传递着把水运到起火的地方浇水灭火。通过4个多小时的紧张战斗，大火终于被扑灭。新兵们共抢救出供销社30多个门面及仓库里的物资，并把这些物资放在操场和街面的空地上。通过清查火场，确认没有火情隐患后，连队才整装集合，一看全连干部战士都像从水里钻出来一样，全身都湿透了。冬季的米易，水凉风寒。一场救火战后，有的战士脚被刺伤，有的战士头被砸伤，有的战士手被磨破，通过简单的包扎后，连长说为了保护国家财产不受损失，防止死灰复燃，我们还要继续分工站岗监视火情，一个个战士都穿着被水打湿的军装，到各自的站点站岗，监视火情和保护好被抢救出来的物资。直到第二天早上9点，将物资交给了当地政府，我们才回到营房休息。因为顺利地完成了一场灭大火、保财产的光荣任务，当地政府送来了慰问信和锦旗，上面写着"人民的好部队"。当地群众挑着甘蔗等水果敲锣打鼓地送到连队，并赞扬说："你们真是党和毛主席领导的好军队。"

这次灭火战，是我从军以来参加的第一次救灾战斗，这使我认识到军人的使命与职责就是保护人民、保护国家财产不受损失，既然来从军，就要把自己的一切奉献给人民，奉献给我们伟大的祖国。回首那段历程，我深感荣耀，那也是我一生难以抹去的记忆。

攻克九道拐

三个多月的新兵训练结束了，我被分配到铁道兵第五师24团5营21连。那时正是成昆铁路修建攻坚克难的关键时期，这里环境恶劣，任务艰巨，生活艰苦，我经历了出生以来最艰辛的磨砺，也是我青春和能量付出最多的时期。在那个"气死猴子吓死鹰"的深山峡谷里，门前无平地，迈步就登山，举头看蓝天一线，低头眺望万丈深渊，真是"山高路陡峡谷深，脚下惊涛向前狂奔"。

大自然造就的险山恶水，阻挡着成昆铁路向前延伸的步伐。无畏的铁道兵战士日夜拼搏，要把那刺向青天的山峰削平。炮声撼动了山丘，打破了千年寂静。

九道拐隧道位于成昆铁路西南境内一段峰峦叠嶂、江河纵横的地带，隧道全长 2800 余米，地质结构复杂，工程量大。那也是铁道兵第五师在成昆线上的一个攻坚堡垒。由于隧道长、时间紧、任务重，在修建这个隧道时我们采取了分割包围、各个击破的战略战术，即从平道中段的 1400 米处开掘一个横通道径直向主干线分割包剿。那个时代我们没有发达的机械化施工设备，YT 牌风钻就是当时先进的施工工具。呐喊的风枪仿佛让整座山峰都在震颤，风枪排气吹出的石粉飘浮在洞内，就像迷雾笼罩山峦，纷飞的粉尘把我们"打扮"成白色的面人，后来有不少的战友因这粉尘袭扰而患上了肺部疾病。

九道拐隧道是一个石质坚硬的水帘洞，雾雨蒙蒙，破石艰辛。渗透的水常把炸药融化，使炸药不能充分发挥爆破效果。我们采用沥青将炸药进行二次密封，确保爆破时哑炮数量减少到最低限度。由于石质坚硬，爆破阻力大，爆破效果很不理想。通过探索，我们采取了掏心挖壁的战术，也就是在撑子面中心打一排等腰三角形炮位，放炮时先点燃掏心炮，让掏心炮比其他的炮位先行爆炸，使其掏开一个空面，从而减轻其他炮位在爆破时的阻力。新战术取得了很好的效果，极大地提高了工作效率，推进了工作进度。奋战了 1 年多的时间，九道拐隧道提前全线贯通。

那个峥嵘岁月，练就了我坚强的意志和坚韧不拔的毅力。

决战弄弄坪

连续作战是军人的优良传统，当九道拐隧道贯通之后，我们连的战士们还没有得到充分的体力恢复，一场歼灭战又在弄弄坪打响。

军号声声在呼号，万马奔腾援军到，烈日炎炎似火烧，勇士挥汗如水浇。弄弄坪上千丈峰，炮声过后弯下腰，为保"七一"出钢铁，日夜奋战筑通道。

弄弄坪是通向攀钢的运渣通道，地处金沙江畔的群山峰峦之中，地势险要，群峰高耸入云，江河纵横如织，惊涛狂奔之下，险滩到处可见。为了保障成昆铁路在 1970 年 7 月 1 日接轨通车，攀枝花钢铁厂7 月 1 日出铁，我们班每天连续 24 小时工作不间歇，吃住在工地，一日四餐，每餐后休息半小时，困了就从头上浇冷水解困。为了完成这个艰巨的任务，班长王永瑞带领全班战士争分夺秒抢时间，每天打炮洞 8 米左右。

当炮洞打进 26 米深的时候，有一天早上 8 点左右，大炮洞里的小炮响后不多时，浓烟尚未散尽，班长就急着带领全班战士进洞出渣，不到 10 分钟，6 人因缺氧昏倒在洞里，我和王伍元、丁卫勋、叶建清3 个战友只觉得头昏昏的，我们坚持着赶紧把昏倒的 6 名战友背出洞外，并及时到工地指挥部给营部卫生所打电话汇报情况，卫生所的医生及时赶到现场急救，6 名战友才转危为安。班长王永瑞刚有好转，就急着对大家说："'七一'通车迫在眉睫，'七一'出铁刻不容缓，三线建设要抓紧，我们要发扬一不怕苦、二不怕死的革命精神，我们要继续进洞出渣。"当时在场的工人都流下了眼泪，赞扬我们是人民的好铁道兵。我们就是以这样的精神，争时间、抢速度，按时完成了上级交给的这项光荣而艰巨的任务。

在这次弄弄坪决战中，我们 21 连成绩显著，铁道兵司令员刘贤权带领铁道兵文工团到弄弄坪荷花桥 21 连驻地慰问演出，并报铁道部给予 21 连集体记二等功。

削平狮子山

狮子山是攀钢的采矿区，储藏着优质丰富的铁矿资源，所采的钢材是兵器制造业的首选钢材。狮子山大爆破的任务落在了我们铁道兵第五师 24 团 5 营和二公司 10 号信箱工人的肩上。在部队和工人的密切配合下，历经半年时间，狮子山上下两层大炮洞的开挖工程完成了，到了装填炸药的时间，为了确保装药的安全，我们连担负着道路巡查和站岗任务，严格控制流动人员进出工地。我们共用了 3 个月的时间装药，装药量共计 12000 吨。起初，经过成都设计院和长沙设计院联合设计，定装炸药量为 10000 吨，后报中央批准时，毛泽东同志说再加 2000 吨改为 12000 吨，炸响世界上最大的一炮，并由周恩来同志亲自确定起爆时间，时间定为 1972 年 7 月 10 日中午 12 时正。

为了确保安全，在全营动员会上，营长说这个大炮会产生冲击波，

会发生火灾，要求将所有包裹埋藏在地下。我们本住在瓜子坪，放炮的前一天，全营轻装出发撤离到高粱坪——离狮子山 20 多公里远的地方躲炮，起爆那天，大家激动的心情无以言表，都在等待那一瞬间的到来！时间到了，一声巨响，地动山摇。我们又欢呼又激动，遥望着那滚滚烟尘，铺天盖地飘向远方。整个起爆过程威武壮观，我们深感伟大的祖国真了不起。

山摇地动一声响，狮子山峰已变样。

顽石填平千丈沟，峡谷变成露天场。

千年矿石翻身起，走进熔炉化为钢。

铁军战士多壮志，为国奉献添荣光。

抹不去的记忆

打开尘封的记忆，追寻往日的情怀，感悟那百味人生，我又回到那个火热的年代，那个激情燃烧的岁月。一个个动人的故事在脑海中浮现，一缕缕战火硝烟又飘过眼帘。军号在耳际响起，炮声撼动着寂静的山谷，成昆铁路啊！是时代的选择；铁道兵啊！是那段光荣历史的参与者和见证者。

眷恋那所军营，思念一起同甘共苦的战友。金沙江水为我洗涤过尘埃；九道拐伴我走过人生的一段岁月；弄弄坪给我留下了坚强的信念和永不退缩的豪情。狮子山的巨响，炸开我心灵世界封闭的理念，开阔了远大视野。我能亲历那场激战，是我人生的荣耀。因为成昆铁路留有我奋斗的足迹，成昆铁路是我撒播青春的地方，我的汗水融化过那里的冰霜。有人说当铁道兵是"大门走对，小门走错"。而我觉得当铁道兵光荣，至今我也无怨无悔，因为铁道兵是我走向成功的起点，给我留下了坚强，给我铸就了无畏，敢于拼搏的精神就是铁道兵精神。这就是我的无悔人生。

难忘逝去的岁月，抹不去的记忆。让我们的晚霞染红无垠的天际。

（任云贵 《铁道兵情怀·记忆》2018 年）

找水奇遇

——话说测量兵点滴

陈朝元

面对滚滚雅砻江还要找水，还不让人笑掉大牙？

说起这事就让人难过。一开始铁道兵的生活特别艰苦。1966年，由于"文化大革命"的影响，成昆铁路建设受到严重影响，很多东西都是凭计划供应，抽水泵和铸铁管，更是紧缺货。要取雅砻江的水就要修建抽水站、水池、安装管道系统等，等这些搞好了，黄花菜都凉了。

唯一的出路是寻找自然资源——山泉水。

桐子林和 22 团的施工部队都在雅砻江西面，离雅砻江最近的营房也建在比江面高出 20 米左右的地方，远的就有几公里了。少数几个连队生活上勉强能够用到雅砻江的水，而取水都要靠肩挑人扛，炊事员十分辛苦。

西面的山郁郁葱葱，植被条件比较好，水源丰富。有山沟沟的地方，大部分都有清泉流出来。部队把施工、生活用水都寄希望在西面山的山涧泉水上了。

于是，这"既光荣又不辛苦的任务"自然又落到 22 团测量班的身上。好一个"游山玩水"的差事！测量班能做的就是沿着每一条沟走到头，看看水从哪儿冒出来的。幸好测量班没有碰到像长江那么长的沟，不然就要找到虎跳峡去，再爬上巴颜喀拉山，那任务可就太艰巨了！

测量班从枣子林旁边的芭蕉沟开始，顺河而下，沿大平地、回箐沟、革命村、白沙沟、对箐沟，一直到橄榄坡。凡是有水的沟沟都去"光顾"

过，测流量和流速，做水质抽样检测。

1966 年夏天，早上气温还不算太高，到了中午，酷暑难当。即便是在树林中行走，火辣辣的光线也像激光一样穿过树叶缝隙，直射得人皮肤发烫。没有几天工夫，我的肩膀竟然被晒掉一层皮。为了赶任务，尽快找到饮用水或施工用水，一个班分成两个队，我与吴副班长各带一队，为了安全，要求战士们全副武装，以防万一。因为老百姓说山上有豹子、野猪之类的猛兽。

我们基本上一天勘探完一条沟，用的是急行军方式。一个来回至少 15 公里，三四天就跑烂一双胶鞋。逢林开路，见崖攀岩，饿了吃冷馒头，渴了喝自带的水，累了休息几分钟又继续前进。我们找到水源后，就一个人用水桶接水，一个人看时间，反复几次，求一个水流平均值。接着我们再看看周围环境，画张草图，注明水源离施工场地的大概距离和以后对水源如何保护之类的细节。

任务的进展还算顺利。不过，中间出现了一个小插曲，据当地老百姓讲，附近有个麻风病医院。这个消息我后来也从一个战友那里得到了证实。这个战友在连队当卫生员，一个星期天，他和另一个战友无事，说去爬山玩，他们顺着白沙沟一直往山里走。也不知道走了多久，忽然，他们听见牛的叫声，一看，前面有个十多岁的小孩在放牛。他们过去问："小朋友，这是什么地方？"小孩子的回答让他俩大吃一惊："这是麻风病医院。"他们往不远处看去，的确有几间茅草房子，周围是一排排围栏，将院区围得严严实实，偶尔可见一个穿白大褂的身影在里面晃悠。

我们成天在山沟沟里跑，当然不知道这个情况。那一天，我们几个也顺着那条沟沟进去了，走了两个多小时，有一段沟实在无路可走，我们就沿着老百姓平常走的羊肠小道绕道而行。到了中午，肚子饿了，可水又喝完了，我们只有硬着头皮把干馒头咽下去了。我们走了至少 15 公里路，看见了几间像模像样的茅草房。我们敲了很久的门，才出来一个穿白衣服的医生，我好奇地问："怎么？这是医院？"那位医生的脸上同样露出惊讶的目光："怎么啦，你们不知道这是医院？快走吧，这是麻风病医院。"我听了心里一惊，赶紧问了一下，"对面

陈朝元（中）和战友们

那条沟的水从哪里流下来的？"医生一边关门一边头也不回地说："不远了，就在前面。"我们紧赶慢赶，终于找到了这处比较大的水源。

找水源的工作大部分的时间都用在了走路上。回营是下坡路，俗话说，上坡腿脚软，下坡脚打闪。走了这么远的路，大家是又累又饿。有人在旁边的小沟里发现了一个小水凼，水清澈见底，大家一拥而上，有的灌水壶，有的用手捧起就喝，我要制止也来不及了。就这样，五个人胡乱饱饮了一顿山泉水，仿佛一下子有了精神。快走完下坡路的时候，小黄肚子开始咕噜咕噜乱叫，他忙说了一声"你们先走"，就急忙蹿进草丛中。紧接着小张、小李、小高、小王，都往不同方向的草丛蹿去。我一看，糟了，大家可能都得了急性肠炎，极有可能是喝了刚才那个水凼里的水的缘故。尽管身体不适，大家还是坚持走到平坝地方休息，此时已是日落西山红霞飞了，大家伙已经拉得走不动了，看样子今天是走不回去了。一行人中只有我没事，因为我平时路上不怎么喝水，所以，一直到最后，我的水壶都留有救命水。我马上拿出战备药——大蒜，

我一边给他们吃大蒜，一边叫只拉了一次的小王去附近连队报信。好在他出去不久就碰上了四川交通公路九处医院的医生，搞来了四副担架，把他们几个抬去了医院。因为治疗及时，病情不严重，再加上年轻人抵抗能力强，第二天上午他们几个就从医院回来了。平时我们就要求过，要牢记和遵守野外工作注意事项，特别强调不能随便喝水。这一次，他们算是领教了。

我们花了十来天时间完成了任务。兵马未动，粮草先行，后续部队全部就位，施工部队全线展开。后来，我到营里去工作时，看见连队用大竹竿划成两半做成水槽，有的架了几公里远，把水引进施工场地、引进了厨房。我心里想：我们的辛苦没有白费。

21 团的好后勤

肖泽金

1962 年部队到广安县征兵，有一个农村的孩子，他的名字并没有出现在初选的新兵名单里，于是他苦苦哀求，招兵部队被他的决心所感动，将其招收为铁道兵。从此他怀着一颗感恩的心，把他所有的热情投入工作中去，很快他就被提为副班长。

部队由云南宣威转战至米易县丙谷，他在 21 团 17 连负责战士的生活物资的供给保障工作，得到了战士们的好评。团机关领导对他的工作也很认可，任命他为 21 团军需股助理员。这个职务主要是负责部队物资供给工作，对部队在铁路建设中各类物资组织、采购、供应和战士们生活物资的提供，起着重要作用。这个工作要求工作人员对各类物资性能、数量及运输渠道熟悉，才能做到有的放矢，不影响部队施工。

勤奋好学是他的特点，干一行爱一行是他的工作状态。正因为如此，他又从军需股助理员，提升为军需股长（正营级）。在新的岗位上，他的工作范围扩大了，工作责任心也更强了。不管是施工物资，还是战士们的生活必需品，他都尽其所能组织调配和供给，以满足全团各营、连的物资需要。

一次到山东出差采购，考虑到战士们施工十分辛苦，他在采购施工物资的同时，还采购了不少海鲜运回部队，改善了大家的生活，受到上级领导的表扬。

他就是 21 团勤学肯干、身先士卒的蓝光仁。

铁道兵第五师转战到成昆铁路后，部队各团负责的施工任务和地段经常都会根据总体任务的需要而调整。每转战到一个新的驻地，蓝光仁往往是不顾舟车劳顿，立即投入支帐篷、砌炉灶、挖厕所的工作中，带领大家修建"干打垒"营房。紧接着他就得掌握驻地周围民情、社情，以及了解交通条件。

21 团驻扎在密地山腰，附近只有两户人家，没有办法给部队提供蔬菜，战士们只能吃压缩菜，或盐水泡饭。即使在艰苦的环境里，我们铁道兵也有乐观的精神，正如形象的顺口溜——"天是罗帐地是床，金沙江边运水忙，澡堂就在金沙江""三个石头架口锅，帐篷搭在山窝窝"。战士们就这样在白天太阳烤、晚上蚊子咬的艰苦环境中奋战。但是，已是部队领导的蓝光仁"苦中思变"，决心改变这里的现实，动员大家开荒种菜、喂猪，从而保证了连队蔬菜和猪肉供给。

蓝光仁还到食堂亲力亲为，为团部干部战士炒菜做饭。因此烹饪技术不断提高，后来有一次，他在团烹饪技术评比中名列前茅，并被

指定为主厨参加重要接待。《铁道兵报》为此刊登了文章，称赞他为"编外炊事员"。

蓝光仁在部队中调动的单位较多，每到一个新单位，在尽心尽力完成好各项工作的同时，还注重思想政治领域的建设，与负责领导一起商量，制订措施，并落到实处。他趁着开荒种菜调动起来的热情，趁热打铁给战士们做思想工作，解决了少数人因生活不够好而产生的消极情绪，引导大家放下思想包袱、开动机器，调动了大家的积极性。同时他组织大家演唱革命歌曲，编演节目，歌颂好人好事。这些活动既丰富了部队文娱生活，又鼓舞了士气，使部队思想工作收到实效。

从1962年入伍开始，蓝光仁在铁道兵这所大学校里，锻炼了20年，得到了上级的好评——"放心的红管家，一丝不苟的实干家"。蓝光仁认为，"这是大家对自己工作的肯定，也是对自己最好的鞭策与鼓励"。

他就是这样的一个人，在铁道兵部队热爱本职工作，忠于职守，牢记使命，在21团施工物资的组织供应工作中，为抢修铁路施工前线，提供坚实的后勤服务，贡献自己的青春年华。

蓝光仁于1981年退伍到地方，来到攀枝花市，被安排在市政府行政处福利科任科长。在这里他仍然当起了管家，相对于部队，地方工作要复杂得多。他在思想上保持铁道兵的优良传统，坚持干一行爱一行，工作认真负责，与大家打成一片，被人称为单位工作的"好帮手"，后勤工作的"好管家"。

第二章　砥砺奋进

他退休不离岗，在高山之巅的红峰小站守望了一辈子。

她在峭壁上看守危崖近 30 年。

他把婚礼搬到大修队的工棚里举行。

一代代成昆人，将自己的血汗、毕生精力，乃至于灵魂，都融进了成昆线的山山水水，将自己的脊梁化作道砟、轨枕，托举起千钧列车，使之一路呼啸，一路奔腾。

战成昆

成昆线上把根扎

刘宝库

像蒲公英飞进大凉山

第一代成昆人进山，谁又没点故事呢？西昌供电段职工刘兴发进山的经历，可以说是当年风华正茂年轻人奋斗的缩影。一个偶然的机会，在铁路系统中没有任何背景、甚至没有亲属的刘兴发进了铁路系统，一头扎进了成昆线，扎进了横贯大小凉山的两根锃亮的钢轨里。

他的档案上明确记载，那天是 1970 年 12 月 30 日，成昆铁路通车还不到半年，他就坐上列车朝凉山深处进发。列车在钢轮撞击钢轨接头的单调声响中缓慢而又顽强地前进。

过燕岗，进九里，出沙湾（一代大文豪郭沫若的老家），列车就开始进山了。山越来越大，沟也越来越深，悬崖峭壁仿佛紧贴车窗擦过。

这一年，刘兴发刚满 18 岁，正是充满青春活力的年龄。刚开车时，他还和同学们不停地嬉笑打闹。坐火车是一件令他兴奋的事情，因为长这么大，他还真没坐过几次火车。现在不仅坐上火车了，今后坐火车更是家常便饭，为啥？因为他是正式的铁路工人了！这是多么令人自豪的事情啊！

父亲对铁路一直有浓厚的感情，也一直向往着铁路。刘兴发多次听他说过，国庆十周年游行时，当铁路职工方队走过人民南路广场（现在的天府广场）时，人们立即沸腾起来，亢奋情绪达到顶点。铁路职工戴着大檐帽，身着笔挺的毛哔叽制服，立领、掐腰，迈着整齐划一的步伐，别提多精神了。

"进'铁路'不容易，当了铁路工人就要好好干，尤其是在成昆铁路上干，这可是毛主席关心的一条铁路啊，不能给毛主席丢脸！"这是刘兴发在成都上火车之前，父亲对他说的话。

几十年以后，他只要回忆起当时的情形，父亲的话就会在耳边回荡，像是昨天说的，依然那样鲜活。

天黑了，列车还穿行在崇山峻岭中，车窗外就像被人泼了墨汁，什么也看不清。这时的刘兴发安静了，他紧贴车窗玻璃，努力睁大眼睛，想看清车外的景象。车外依然一片漆黑，从车窗内投射出的黯淡光线映在峭壁上随列车闪闪掠过，眼前的悬崖似乎永远都没有尽头。

他有些失望，正准备扭头将视线离开，突然眼前一亮，列车驶上一座铁桥，发出轰轰隆隆的响声，列车一侧，亮着的万盏灯火倒映江面，在翻滚的江水中跃动着点点光斑，显得那样的有生气，又那样的壮观！

"哎，快看，这就是大渡河上的龚嘴电站！"有同学叫起来。

刘兴发知道龚嘴电站，在龚嘴电站建设初期，报纸对此事做了报道。

当时看到报道时，他就对这个电站有许多遐想，没想到自己刚进成昆铁路就看到了它的面貌。虽然自己没有参加龚嘴电站的建设，但成昆铁路沿线，不知还有多少宏伟的事业，等着自己去奉献、去燃烧青春！

想到这里，他不禁有些血脉偾张起来。

列车经过十几个小时的运行，终于停了下来。这时天已蒙蒙亮，阴霾的天空中飘着密集的絮片般的大雪。刺骨的冷风从车厢的缝隙中钻进，逼得刘兴发紧紧裹住身上的薄棉袄："这是到了哪儿？这么冷！"

有好动的同学跳下车，在站台上转了一圈，很快又带着一身寒气上车了，大叫："到了，到了，这是普雄，西昌水电段的工作人员就在下面接咱们呢！"一听水电段的工作人员在下面接他们，刘兴发也顾不得冷了，一下子跳了起来，和同学们一起下车。那时候他并不知道，这个水电段就是自己将要付出一生心血的地方。

雪越下越大，寒风愈加刺骨。不远处的山坡上，彝族老乡裹着深色的"查尔瓦"蹲在那里看热闹。站台上一片混乱，有人在人群中挤来挤去，大声地报着自己单位的名，寻找来自己单位报到的新职工。

"有没有西昌水电段的新工人？有没有西昌水电段的新工人？有的话到我这集合！"

刘兴发在一片喧嚣声中，突然听到有人这样大声叫喊。他急忙连声答应："有，有，来了！"

他和同学们一边应答，一边拨开人群挤了过去。

就这样，刘兴发成为一名铁路水电职工，也可以说是成昆线上的第一批水电职工。

尽管后来的普雄有工务段、机务折返段，还有行车公寓，但当时有什么？可以说什么都没有，就连铁路职工吃的住的都没有。刘兴发他们虽然报了到，但吃住问题都得自行解决。

刘兴发清楚地记得，这一天是1971年的元旦。在漫天飞舞的雪片中，在刺骨寒风的呼号中，他和另外两个同学在普雄那条一眼便能望到头的小街上到处蹿，希望可以找到一个能吃上口热饭的馆子。他们走了几个来回，几乎绝望了，街上不仅没有饭馆，连个饭摊都没有。

肚子咕噜噜直叫唤，身上更觉得冷，他们抱着最后的希望，拖着疲惫的步子继续寻找。

天无绝人之路，就在他们最后的希望濒临破灭时，突然看到一个彝族老乡在家门口支起一口大锅，像是在烙着什么。上前一看，彝族同胞正在烙大饼。在交谈过程中，彝族同胞知道他们是成昆铁路的工人，便十分爽快地卖了10个大饼给他们。

他们就在成昆线上，用10个大饼庆贺新年的到来。

现在，已年过花甲的刘兴发每当回忆起这个难忘的元旦，总会感慨："说实在的，那时条件的艰苦，是今天无法想象的。但是，却没人想要逃离。也许这就是人们常说的理想主义吧。"

刘兴发进了成昆线，来到大凉山之巅的普雄，虽然工作单位名字被冠以水电段，但那时普雄地区并没有通电。从各地来的职工闲暇无事，就在空地上立个杆子，每天在杆子上爬上爬下。除吃饭睡觉外，爬杆子就成了那段时间工人们主要的娱乐方式。

为解决普雄铁路地区生产用电问题（生活用电还暂时顾不上），铁路局专门建立了发电房，需要有人24小时不间断值守。刘兴发就被派到发电房。

他去报到的那天，看见发电房里已有一位老工人，名叫冯好兵。冯好兵正在独自喝酒，见刘兴发进来，他抬起头打量了几眼，问："你是小刘？"

刘兴发老老实实地回答："是。许连长叫我来这里报到。"

冯好兵说："好吧，你今晚就上班。"

刘兴发大感意外，自己还什么都不知道呢，就这样顶岗，是不是太快了点？他依旧一脸老实相："那需要干些什么呢？我还啥也不懂呢。"

冯好兵说："没什么高深的技术，只要听着发电机运转就行。记住，每两个小时加一次油。"

就这样，刘兴发在发电房用心去听发电机运转的轰鸣，每两个小时加一次油，一待就是漫长的 10 年。

西昌供电段普雄变电所（后简称变电所）是 1996 年 2 月开工建设的。这个变电所的建设，是为了能给机车提供更加强大的电力，有效改善各站区的生产、生活用电情况，在运输资源配置上具有重大的战略意义。

变电所的主体建筑和设备安装自有专业部门负责，无需刘兴发他们操心，但院子里诸如修建假山水池、栽种花木等附属工作必须由刘兴发他们自己干。

变电所全体人员都动起来了，将自己的休息时间全部投入建设"园林式"变电所的工作中。

变电所配电值班员张艮泽此时因病住院。他躺在洁白的病床上，显得焦躁不安。在一旁陪伴守护的张嫂不知丈夫怎么了，不由得担心地问道："你怎么了？是不是哪里不舒服？要不我去把医生叫来。"

张艮泽的头陷在洁白的枕头中，他摇摇头："没什么，我只是着急。变电所的那帮兄弟都在拼命干活儿，只有我躺在这里无所事事！"

张嫂安慰说："你不是身体不好吗，用不着自责。"

张艮泽想了想说："我有件事，你能不能帮我办一下？"

张嫂觉得很奇怪，丈夫很少用这样的语气对自己说话，于是问："什么事？"

张艮泽说："从现在起，你用不着守在我的身边了，你马上回变电所，替我参与园林式变电所的建设。"

张嫂愣住了，她没想到丈夫竟然提出这么一个令人意外的要求："不行。你的身体远比那个什么园林式变电所重要得多。我不去！"

张艮泽一脸焦急，恳求说："我的病无大碍。替我去吧，否则，万一哪天我真的不在了，会相当遗憾。你愿意我有这样的遗憾吗？"

张嫂没有办法，只好带着丈夫的嘱托来到变电所。

当张嫂带着对丈夫深深的牵挂参加变电所的建设时，时任变电所党支部书记的刘兴发吃了一惊："你怎么来了？"

张嫂说："老张让我来替他参加劳动。"

刘兴发感觉到心里热了一下，多好的同志啊！他充满感情地说："这样吧，为了完成老张的嘱托，你象征性地干干就行了，然后抓紧时间回医院照顾老张，老张的身体更重要。"

这一"象征性地干干"却是一连干了4天，而且每天劳动的时间都是满满的。

其间，刘兴发多次催促张嫂尽快回医院，但她却像和谁赌气似的发着狠地干活。刘兴发无奈，只得下死命令："从明天起，任何人不准放张嫂进院子！"同时刘兴发还派了两个人，"强制性"地将她"押"回医院，"押"回张艮泽的病床前。

经过几个月的苦干，一座园林式的变电所终于建成了。那天，刘兴发拿着相机拍了好多照片，准备第二天去照片洗印店冲洗出来，到医院去看望张艮泽时，顺便把照片带去，让他也和同志们一起分享成功的快乐。

第二天，还没等他去冲洗胶卷，他便接到张嫂的电话，她在电话那头带着哭腔告诉刘兴发，张艮泽昨天已在医院去世了。

刘兴发听到噩耗，立马赶到张艮泽的家，帮着料理了后事。

几天以后的一个黄昏，张嫂抱着丈夫的骨灰来到变电所，对刘兴发说："老张活着的时候，总想回来看看。我能不能抱着他的骨灰在院子里走一圈，到处看看？"

听了这话，刘兴发心里一阵悲痛，望着张嫂点点头："行，让他到处看看吧，这个院子里也有他的心血，不是委托过你代他参加劳动吗？"说完，他对着院子里大喊一声，"集合，列队！"变电所的职工纷纷从各屋子里跑出，来到院子，很快就列成整齐队形。

张嫂抱着骨灰，沿着院里的路一步一步缓缓地走着。

走完了院子里的路，她又慢慢走进花园的甬道，低着头，看着骨灰盒喃喃地说："老张，你回来了。看看吧，这就是你魂牵梦绕的变电所呀，这就是你躺在病床上心里还放不下的花园呀。你再看一眼，再仔仔细细地看一眼吧！把你看到的都记下吧，这不仅是你的变电所，这里也是你的成昆线呀！老张，你再看看吧，再看看吧！"

刘兴发眼睛湿润了，再也控制不了感情，大喊一声："敬礼！"

列队整齐的职工"唰"的一声抬起右臂敬礼，动作整齐有力，像是经过严格训练的士兵。

这时，山上起风了，掠过林木，发出阵阵呜咽。

成昆铁路通车 45 年间，几乎每天这个时候都会起风，都会发出这种独特的风声。

不，这不是呜咽，而是赞美。

成昆铁路，这条英雄的铁路，屹立在"地质博物馆"上近半个世纪，在成为 20 世纪人类征服自然的三大奇迹之一的同时，随岁月流逝，逐渐积淀成为一种特有的精神——成昆精神。成昆精神哺育滋养了成昆人，成昆人又反过来锤炼了成昆精神，让它更完美，更璀璨。

这是不朽的事业！

2001 年，江远康来到西昌供电段任党委书记。他听说刘兴发坚守在大凉山之巅已经 30 多年了，这种情况在供电段虽然不说是绝无仅有，但肯定是少数。一次，他去普雄检查工作，看见刘兴发就问："你有没有什么要求需要组织帮你解决的？"

江远康后来回忆，自己说这话的潜台词非常明白，就是刘兴发只要提出调动到山外条件好些的地方的要求，他都会同意，因为不能让工作踏实的人一直待在条件艰苦的地区。

刘兴发的回答却让江远康大感意外："没什么要求。我已经把根扎在这里了！"

江远康一时语塞。他心里十分感动，多么好的同志，他们虽然很平凡，但在这平凡之中不是仍然闪烁着耀眼的光芒吗？他已将自己的每一根根须深深地扎进成昆线这块热土。

你见过这样的扎根吗？

误打误撞进成昆线扎了根

多数年轻人怀着一腔热血走进成昆线，走进大山，并由此将自己的一生与这条铁路紧紧融合在一起。然而，也有人以另外的形式走进成昆线，走进大山，但这并没有妨碍他们把自己生命中最好的一段奉献给了这条铁路。

曾任西昌工务段红峰线路工区工长的刘兴桥已年过古稀，耳不聋，眼不花，背不驼。用他自己的话说："我年龄是大了点，但让我挑上百十斤的担子，走个 10 来里山路，一点问题都没有。"

回忆起当年走进成昆线的经历，他自己都觉得可笑："当时不知道怎么搞的，就是不想来，无论怎样宣传，说成昆线是什么战备铁路啊，还是别的什么，这都没有用，就是一句话，不想来。"

那是 1975 年。刘兴桥当时在铁路局基建处一段一队当工人。他们接到命令，要被集体调到成昆线普雄工务段。那时，他们正在重庆修成渝线，成渝线整条线都处于丘陵地带，没有什么大山阻挡，工人们的工作生活条件都还算是可以。

接到命令后，他们做了简单的准备，携带了简单的行李，在重庆沙坪坝站上了一列专为他们准备的列车，列车全由棚车编组而成，行李扔在里面，人也睡在里面。

列车慢慢摇晃着运行到成都，经短暂停留后，把蒸汽机车换成内燃机车，开始了在成昆线的运行。列车过燕岗，越往里走，山越大。到了乌斯河后，两旁的山已不能仅仅用"大"来形容了，而是险，是恶。这时天渐渐黑了，刘兴桥越看越害怕，虽然他那时已经在铁路上工作近 10 年，但还从没见过如此险恶的大山。

本来就对这个调任命令有些抵触情绪的刘兴桥，此时的情绪更大了。

列车到了甘洛站停下。刘兴桥他们从车门处探头仰望："哎呀，我的妈呀，山这么大呀，好像要朝列车压下来了。"

这时，一个岁数稍长些的工友望着铁轨两旁的高山说："'甘洛'是彝语，你们知道翻译成汉语是什么意思吗？"

借着这节棚车中部悬着的桅灯发出的微光，其余的人都望着这名工友摇头。

见自己成为众人关注的焦点，这位工友越发卖弄起来："告诉你们吧，翻译成汉语就是'人市'！"

众人不解，有人问："人市？啥意思？"

"人市就是以前交易奴隶的地方，也就是买卖人口！"

众人一听，都觉得瘆得慌。大家一商量，连行李都不要了，上了一趟去成都的列车，集体跑回綦江段部，要求返回原单位工作。

此时原单位还在，只不过刘兴桥他们集体转到成昆线后，马上又调来新人充实。领导给要求回来的工人耐心地做思想工作，并针对每个人不同的具体情况，找来老乡一对一地做工作。

3 天以后，工作终于做通。在当时物资供应十分紧张的情况下，一段领导想方设法筹集了一点物资，摆了一顿当时还算看得过去的酒席，权当为他们重返成昆线钱行。

刘兴桥说："幸好当时经组织做工作回来了，不然现在想起来肯定会后悔，不管怎么说，都是逃兵，都是段不光彩的历史。"

虽然当年的荒野留给人们抹不去的记忆，但数十年如一日紧盯那座山、那块石，这样的举动体现了一个共同的信念——坚守。当年，把成昆线经过的多数地段形容为"穷山恶水"，一点都不过分。别说沿线，就是当时的西昌铁路分局所在地西昌市马道镇，都是一片荒凉的不毛之地。

西昌铁路分局首任分局长王崇山是 1970 年到的西昌，可以说是西昌铁路分局元老级人物。来到西昌以后，他就把自己的后半生都奉献给了这条铁路，如今已年过九旬，依然身体硬朗，精神矍铄。尽管 10 年前撤销铁路分局一级管理机构，多数人都选择离开这里，到成都安享晚年，但他坚持定居在这里，因为这里的每一寸铁路，都浸润着他的心血，浸润着他全部的感情。可以这么讲，这里就是他的根，让他离开，实在太难。

据他回忆，刚来时，马道铁路地区仅有 5 栋红砖三层楼房，还是当年筑路大军修路到这里时，仓促间修建的。与今天办公用房的标准相比，简直寒酸。但在当时的人们看来，这已经属于"豪华"级的楼房了，不管怎么说，还算有方方正正的房间，那时更多的人都在棚车里办公和居住，无论是单身职工还是带家属的职工，概莫如此。

西昌机务段整备车间副主任蒋春科 10 来岁时随父母来到西昌马道，几家人共住一节棚车，车上拴着绳子，绳子上拉个布帘，就成了一个家庭与另一个家庭的分界线，也隔出了一个个的房间。那时不仅物质生活匮乏，文化生活更是近乎于无。一天，电影队来马道铁路地区放露天电影《南征北战》，尽管这部影片蒋春科已看过多遍，不仅是情节，几乎连台词都能完整地背下来，但这还是让他极度兴奋。天还未黑，他就搬了把小凳子去占位置。

影片的结尾解放军取得了重大胜利，电影放完了，他也该回家了。

他提着凳子回到家所在的位置，一下傻眼了，原来一溜排开的棚车已经不见踪影，仿佛突然蒸发了一般，只有停放棚车线路上的钢轨，在清冷的月光下泛着寒光。

好在铁路边长大的孩子对这样的事情一点也不惊慌，他提着小板凳去父亲上班的地方，在一个长条木椅上蜷缩了一晚。

第二天，父亲才过来找他。从父亲的嘴里，他才知道，不知什么原因昨晚调车机把车皮拉到德昌去了。

蒋春科说到这事不由得笑了："也就在那个时候，孩子不知在哪儿待一晚上，家长也不着急，第二天找回来就完了。如果现在的孩子遇到这事，家长非得急疯了不可！"

将生命融进成昆线最高点

一代代成昆人，将自己的血汗、毕生精力乃至于灵魂，都融进了成昆线的山山水水，将自己的脊梁化作道砟、轨枕，托举起千钧列车，使之一路呼啸，一路奔腾。

45年的风吹雨打，45年的阳光炙烤，早已将数代成昆人的性格塑造得像大凉山一样沉稳，像金沙江一样奔放，像攀枝花一样热烈，像大渡河一样勇往直前。

"……同志呀你要问／我们哪里去呀／我们要到祖国最需要的地方／劈高山填大海／锦绣山河铺上那铁路网／今天汗水洒下地／明朝那个鲜花齐开放／同志们那迈开大步哇／朝前走哇／铁道兵战士志在四方……"

这是当年风靡一时的歌曲《铁道兵战士志在四方》，歌中所表现出的那种热情，那种饱满的情绪，以及欢快的旋律，让从未当过兵的刘世荣十分喜爱。他就是哼着这支歌离开了著名的甜城内江，来到成昆线海拔最高的车站——红峰站。

他自己都没料到，当自己走下那趟拥挤不堪的慢车，双脚踏上红峰站这块红色的土地时，就像一颗种子落在大凉山之巅，并深深地扎下了根，从此再未挪动过一步。

这应该是成昆铁路上最小的车站，被评定为五等站。在这样的高山之巅的小站上，充满青春朝气的刘世荣感到了从未有过的寂寞。尽管这时的红峰站是最为繁荣的时期，不仅受理客货运等火车站所有业务，甚至还办了一所铁路小学。虽然只有一个1~6年级语文数学都教的全能老师和八九个学生。每天早上，山岚袅袅，充满稚气的琅琅读书声在群山间回荡，给这个远离都市的小站增添了许多生气。

刘世荣平时休班无事，除了睡觉，便在狭窄的站台上闲逛。他逛到写有"红峰"二字的站名牌下，突然对这个站名起了兴趣。由于成昆线横贯大小凉山，许多站名都有着浓重的少数民族地方色彩，像这样具有鲜明时代特征的站名不多。

其实，他刚到这里时，就这个问题询问过先他而到的职工，但无人回答得上来。

这样的疑问在他脑海中萦绕许久。他在闲暇之余沿着望不到尽头的铁路向前走，一直穿过当时全国铁路最长的隧道沙马拉达隧道。隧道长6公里多，笔直，从隧道这头望进去，可以看见一个光点，那便是隧道出口。他出了隧道后站住了，回过头来，看见隧道顶端镌刻着几个大字——东方红隧道。

他心里动了一下，就这几个字，似乎给了他一个答案，尽管较为朦胧，也许这就是数十万筑路大军，经过数年奋战，贡献青春，抛洒热血，终于能在"筑路禁区"建成了这条震惊世界的钢铁大动脉的原因。

想到这里，他有些明白了，坚守在寂寞的高山之巅，不仅仅只是一份工作，更是一种使命，一种责任。此刻，自己就站在筑路者用脊梁托起的铁路上，接替那些在筑路中奉献出生命的英烈完成守护祖国的使命。

风雨的浸润，早将他与这个小站、与成昆铁路融为一体，任何力量也无法将他们分开。

还有一件退休多年后还使他颇为自豪的事，尽管大半生都在山里工作，少有机会见到外面的人，但那次他还是勇敢地顶撞了车务段安全室的干部。

一趟列车发生了事故，他站在机车上领着机车出去救援。由于司机未掌握好速度，没刹住车，机车与停留车相撞，他摔了下来。车务段安全室的人担心他的人身安全，问他："为什

坚守在沙马拉达车站的铁路职工（胡仲平　摄）

么站在机车上？"刘世荣理直气壮地反问："如果当时我不站在机车上，事故责任应该由谁来负？事故责任不就定给红峰站了吗？"车务段安全室的人被他一句话顶得哑口无言。

每当回忆起这段往事，他都要咧着已经掉了门牙的嘴哈哈大笑。

有年轻人逗他："刘大爷，现在遇到这样的事，你还上吗？"

刘世荣认真地回答："唉，老喽。不过，只要是车站需要，我就上，为什么不上？"

他的神态，完全是一副倔老头的样子，显得那样可爱。

维护车站的荣誉，维护车站的一切，这就是刘世荣那一代成昆人

心中的准则。

岁月流逝。曾经的一切，慢慢地在他们思想深处积淀，融化在血液中，成为基因密码。

10 多年前，刘世荣退休。回到西昌的家仅住了 3 天，就按捺不住了，这里虽然风景优美，街道宽阔而整洁，但没有自己所熟悉的呼啸山风，没有冬日里飘扬的大雪，更没有车轮在钢轨上碾过发出铿锵的声响和列车驰过悠扬的风笛声。他不顾老伴、子女的劝阻，告别了邛海，告别了月城，执意回到了红峰车站。

这里的每一根钢轨、每一根轨枕、每一副道岔、每一组信号，刘世荣都熟悉得像自己掌心的纹路。人虽然退休了，但心仍在车站。无论是冬天的大雪，还是夏天的暴雨，只要遇到异常天气，他都会像永不下岗的卫兵，准时出现在哨位上，主动帮助清扫道岔上的积雪，或是帮助运转值班员处理列尾装置故障。

他在站上无事时，种了点蔬菜，养了两头猪。到猪该出栏的时候，他把猪杀了，自己留一部分，另一部分做了大餐请站区所有人吃喝一顿。就在前几天，他又杀了一头猪。那晚请大家吃饭时，他端着一碗从车站附近彝族老乡家里淘换来的苞谷酒对大家说："我是不准备离开车站了，这就是我的家。你们都还年轻，该离开的时候还是要离开。只是离开以后，不论走到什么地方，都不要忘了红峰站。"

那晚，刘世荣喝得微醉，动了感情。

今天，红峰站有些落寞了，早已不再受理客货运等业务，铁路小学也已成为历史。除站长外，每天只有一名运转值班员值班。在全国铁路系统中还有许多类似的车站，但这也从侧面印证了铁路的快速发展，成昆线的与时俱进。然而，无论将来铁路如何发展，红峰站都会永远守卫在成昆铁路的最高点。

穿越时代的成昆情

付世坤　石宗林

成昆铁路北起四川省成都市，南至云南省昆明市，全长 1096 公里，于 1958 年 7 月开工建设，1964 年复工建设，1970 年 7 月 1 日竣工通车，2000 年全路段完成电气化改造，是国家 Ⅰ 级单线电气化铁路。

沿线奇峰耸立、深涧密布、沟壑纵横、地势陡峭，地质结构极其复杂，有"地质博物馆"之称。

近日，记者走进成昆铁路，再次见证这一写入世界铁路建筑史的奇迹。

筑路之艰

"一想起那'一不怕苦、二不怕死'忘我奋战的日子，一忆起那成昆铁路大会战的峥嵘岁月，一思起那些并肩战斗特别是牺牲了的战友们，我就……"

甜城内江春意盎然。4 月 13 日 10 时许，谢崇兴家的窗台上鲜花竞放。阳光透过窗棂，照着泪光闪烁的他。

谢崇兴是一名精神矍铄的 79 岁老人，原铁道兵 8 师战士、代理班长、创作员，退伍后曾任内江铁路中学工会主席等职务。

"1964 年 8 月 16 日，在江西临川当了 5 年兵、23 岁的我，刚听了动员准备集体转业到当地的一个厂矿，突然又接到新的命令，要求我们 7 天之内赶到云南，参加成昆铁路大会战。"谢崇兴深情地回忆道。

"抢修成昆铁路，完全是当时国际形势所迫。能执行毛主席亲自交给的重大战略任务，到祖国和人民最需要的地方去，是何等的光荣和自豪！"谢崇兴很激动，语速很快，"老红军、团长王明轩本来请好了探亲假，正在往南昌火车站赶。这下好了，新的命令来了，部队不能没有领头的吧？于是，团里派吉普车以最快的速度将他接了回来。三营技术员、我的老乡廖玉光要回老家探亲结婚，闻讯后也中途返回部队。同志们高唱起《铁道兵之歌》：'背上了那个行装，扛起了那个枪，雄壮的那个队伍浩浩荡荡，同志呀你要问我们哪里去呀？我们要到祖国最需要的地方……'"

"命令下达后的第五天，我们部队就到达了云南的元谋老城。稍事休整，部队沿着当年红军走过的小路，翻山越岭，向龙川江一带进发。彝族向导带我们走在崎岖的羊肠小道上，给我们讲当年红军的故事。他摘了几个青橄榄给我们，说：'当年红军走山路口渴了最爱吃这种野果子，虽然有点涩，但是很解渴，还取名叫革命果哩！'我顺手把青橄榄塞进口里嚼了起来。嘿！这'革命果'还真能解渴。我想起电影《五朵金花》里的歌词来：'橄榄好吃回味甜，打开青苔喝山泉……'吃了果子，口不渴了，走路也有劲了。我们一口气在山路上走了大半天，终于到达首战目的地——中坝。

　　"到达龙川江畔的中坝后，不少官兵严重腹泻。彝族向导说，当年红军到这里时，也是人人拉肚子。经化验发现这里的水中有一种矿物质叫芒硝，人饮用后肠胃一时不能适应，一般要7至10天才能止泻。然而大会战时不我待，腹泻再严重也要抢时间。悬崖绝壁开山放炮，千难万险舍生忘死，设备没到就徒手干、抢着干，全身没劲了也一直坚持干，正如陈毅元帅所夸的'铁道兵前无险阻''铁道兵前无困难'！

　　"1965年的春天，中央大型慰问团带着党和人民的深情厚谊，到成昆铁路大会战施工现场举行慰问演出。我们团不仅负责演出队的接待工作，还陪他们深入施工现场，与他们同台演出。组织上安排我专门向谷建芬老师学习，她让我把自己写的一些歌曲拿出来，然后一一点评……

　　"1965年4月，我团集中优势兵力，大战六渡河隧道。这时，廖玉光已是第四次推迟婚期，他三天三夜没有睡过一个完整的觉。这天凌晨3时许，在一次意外中，他为了保护2名新兵，献出了宝贵的生命。他牺牲后，我作为老乡和战友，参加了他的告别仪式。当时的情景让我刻骨铭心、永远难忘！"

　　"为有牺牲多壮志，敢教日月换新天"。为了成昆铁路，多少人像廖玉光那样，献出了一切；为了成昆铁路，多少人留下了一身的伤残病痛。当年的三线建设总指挥彭德怀元帅在视察成昆铁路工地时，深深地为铁道兵战士的奉献和牺牲精神所动容。在向烈士墓地献花时，这位老元帅潸然泪下，他动情地说："一定要把墓碑立在沿线最显眼的地方。"现在，一座座烈士墓立在铁路旁，默默地聆听那滚滚的车轮声……

守护之难

2020 年 4 月 14 日 8 时 15 分，成都车站，成都至西昌 T8865 次列车准点发车。

9 时许，成都客运段昆明一队 T8865 二组列车长徐美文巡视完车厢、检查完重点安全部位以后，与记者聊起了成昆铁路的人和事、景和情。

"在成昆铁路的发展进程中，列车像是一个小社会，它一直是彝族同胞心中的标识之一，是他们物质生活水平提高的缩影，也见证着他们精神文明的前进。"

从 1989 年起，徐美文就一直没有离开过成昆铁路。一谈起成昆铁路，他有说不完的话题，"20 世纪 80 年代的绿皮车拥挤不堪，服务质量比起现在有明显差距。"

"我刚参加铁路工作的时候，车厢里有的旅客乱丢垃圾、随地而坐、吸烟吐痰，列车员和旅客之间的沟通也不如现在顺畅。另一方面，火车班次少，旅客的需求很难满足，很多工作小细节都还不够完善，工作难度、辛苦程度可想而知。"徐美文说，"我是'铁二代'，沿着父辈脚步，见证了时代的变迁。仿佛不知不觉间，一切都在变：旅客的素质提高了，列车也提级上档了，配套服务设施也升级换代了。"

徐美文的父亲叫徐继焜，徐继焜从唐山铁道学院毕业以后，被分配到成都铁二院，参与了成昆铁路的勘测设计工作。

"父亲多次提到了中坝隧道施工情景。"他说。

中坝隧道是成昆铁路为了解决地质特别复杂和上下高原落差巨大等问题而设计的七处"大盘山展线"之一，是典型而有名的"灯泡形隧道"，处在号称"地质博物馆"、地质结构比较复杂的地段之内。由于山体错落、溶洞、暗河、断层、流沙等因素，隧道施工难度巨大，施工地点经常因塌方而引起险情。导坑中日夜不停地渗透出来的水，阴湿的空气和开山放炮的烟尘，加上战士们长期进行重体力劳动，可想而知，当年大会战的参与者们付出了多大的代价，伤亡随时都有可能发生，病痛随时都会侵蚀或潜伏到战士们的五脏六腑。

"在'地质博物馆'跑车，真的是惊心动魄。截至目前，我已经记不清楚发生过多少次险情了。每到防洪季节，心里就犹如十五个吊桶打水——七上八下。有一次，火车刚到燕岗，前面塌方断道，只得折返成都；有一次车到甘洛，又被泥石流所阻，只得折返昆明。"徐美文感慨道。

"金江的太阳，马道的风，燕岗打雷像炮轰，普雄下雨像过冬。"列车长何军26年值乘经历也全在成昆铁路，一说起成昆铁路的艰难险阻，便想到了这几句当地民谣。"我们跑车往往一天经历四季，如果说出发地成都是春天，到普雄便是冬天，到西昌可能就是秋天，而攀枝花绝对是夏天。"

"你们知道1981年7月9日凌晨1时46分发生的成昆铁路利子依达事故吗？一趟由格里坪开往成都的442次直快列车，在由尼日站驶向乌斯河站的过程中，从被泥石流冲垮的利子依达大桥上坠入沟中……"何军回忆道，"司机王明儒选择了与列车共存亡，他依据丰富的行车经验，在列车即将驶入深渊的几秒前，将紧急制动闸一拉到底，并且鸣响风笛。这一举措虽未能挽救全趟列车，但最终让列车后部的8节车厢中大约700多名乘客得以脱离危险……"

2020年4月17日11时许，关村坝站站长刘富军告诉记者，在这条艰苦的成昆铁路沿线，到处都能听见有温度、有情怀的故事。

在沙马拉达这些条件艰苦的小站，车站人员过着远离小家的日子，十年如一日地坚守，就为每天经过的"慢火车"顺利地运行。

这些铁路第三代、第四代们随着父辈在铁轨上遗留的印迹，接续着父辈们的铁路事业，守护着"慢火车"这道铁路线上的独特风景，诠释了成昆铁路上数代人的使命。

火车之惠

"火车开进大凉山，让千万彝族同胞及沿线群众得到方方面面的实惠。"2020 年 4 月 15 日 8 时许，普雄至攀枝花 5633 次列车运行在瓦祖至铁口区间，成都客运段 5619/5634 次一组列车长杨军告诉记者。

杨军介绍，成昆铁路四川境内运行的 5633/5634 次、5619/5620 次列车，自 1970 年 7 月 1 日开通运营已有半个世纪，该趟列车连接着四川乐山、雅安、凉山彝族自治州、攀枝花等地。全线有 50 多个车站，近 600 公里长。

"偏远山区山高路险，许多地方还没有公路，铁路便成了沿线彝族同胞出行的唯一通道。"杨军说，"5633/5634 次、5619/5620 次列车全程票价仅 25.5 元，最低 2 元。为了扶贫，这趟火车的票价一直没调整。"

乘坐 5633 次"慢火车"的学生和站台上的工作人员交流聊天

"尽管运营这条线路对铁路系统来说完全没有效益，但'慢火车'搭载着山里孩子的求学之路，集聚起大凉山'慢'旅游的热效应，为大凉山的高寒带去一片阳光。"列车员俄木日古 1994 年出生，他对这份来之不易的工作十分满意和珍惜，"我会彝语，可以为彝族同胞提供服务，我感觉自己的工作特别有价值。"

"这趟车，50 年间穿行于成昆铁路上的 50 余个小站，成为彝族老乡的'赶集车'。车内满载着沿线的彝族老乡，他们带着自家的土特产，常年奔走在成昆铁路上。这趟车让彝族同胞们可以换钱养家，从解决温饱到迈向小康，承载起大山深处彝民们的生计。"另一名彝族列车员吉克日古十分自豪地说："沿线的彝族村民，有的将蔬菜、核桃和家禽等带到山下出售，换取日常生产生活用品；有的到县城里采购商品回乡售卖。"

俄木日古和吉克日古是四川机电职业技术学院的同班同学。2017年，为了更好地为彝族同胞服务，中国铁路成都局集团有限公司专门来到该校招人，12名彝族青年从数百名彝族同学中脱颖而出，成为成都客运段列车员。

"对于大凉山的孩子们来说，他们迫切地需要这种'慢火车'，这辆大'校车'载着的是他们能够走出大山的梦想。"俄木日古感慨道。

"为方便与彝族同胞交流，更好地为他们服务，成昆铁路'慢火车'上不仅有彝语播音，还有在这趟列车上服务多年的彝族列车长、列车员、检车员等工作人员。我们这些土生土长的彝族工作人员了解彝族旅客的风俗习惯，说着大家熟悉的乡音，共话'彝汉走出大山、共同致富'的乡约。这一切人性化的服务背后彰显铁路部门惠及民生的情怀。"

一路春风，一路阳光，成昆铁路上的列车满载温馨与大爱，行驶在鲜花盛开的群山中。

这些时代的列车，拉走贫困，拉来福祉；拉走沮丧，拉来希望，日夜奔驰在扶贫攻坚的爱的征途上……

（转载自公众号《成铁微家园》2020年）

静静守护

——"成昆二代"的半辈子

何冬梅

2020年4月8日，明媚的阳光洒在大渡河上，碧绿的河水缓缓流淌，两岸是巍巍青山，成昆线蜿蜒而出。

半山腰的"咫尺之地"，柏村站静静伫立。四根股道，几间站房，刘玉良在这"咫尺之地"已经工作了8年。

对刘玉良而言，成昆线已成为他另外一个家。

1985年到阿寨站，2001年到白石岩站，2012年到柏村站，不知不觉间，刘玉良已在成昆线工作了35年。"其实也有很多机会离开成昆线，但还是舍不得。"刘玉良说，这是一种特殊的情结，外人难以理解，只有成昆人才懂。

刘玉良的父亲曾参与成昆线的修建，通车后留在轸溪站，成为一名扳道员。刘玉良小时候随母亲在轸溪生活过几年，轸溪的烈士陵园是他最喜欢去的地方，徐文科烈士的事迹深深地影响了他。

1985年9月9日，刘玉良对这一天记忆深刻。这一天，他早早在燕岗登上火车，一路向南，直到晚上才到达第一次工作的地方——阿寨站。荒凉的环境让他一度退缩，但慢慢地，他爱上了那里。

结婚后，刘玉良把家安在了自贡，当时回家要从成昆线转成渝线，花整整一天的时间。而今，他只需用5个小时就能到家了，"等以后自贡通高铁就更快了。"

刘玉良每次回家都来去匆匆。2012 年 8 月，孩子考上大学，一家人刚吃完饭，刘玉良就接到段上通知，第二天就赶往柏村站报到。去年，刘玉良去医院做颈椎和腰椎核磁共振，报告都没拿到就回到车站上班，医生说他需要住院，他却说："哪来时间住院，又不是大毛病。"

和家人相处时间太少，刘玉良总是缺席孩子的成长。"孩子今年27 岁了，他从小到大我只参加过一次家长会，相处的时间可能总共还不到一年，对他的了解还不如对成昆线的了解多。"刘玉良说，对工作，自己问心无愧，但对孩子，始终心有歉疚。

有研究说，人一生平均会遇见 8 万人，对刘玉良而言则不然。在柏村站，除了火车进站时的鸣笛和蝉鸣鸟叫外，连大渡河都是静静的，往往一周才能见到一两个旅客。

"现在反而不习惯大城市的喧嚣了。"他说。

尽管没有什么旅客，但柏村站每天却要接发 50 多趟列车。成昆线的岁月慢慢悠悠，但刘玉良却总感到时间不够用。每天早上 7 点上班，下午 6 点交接班，吃饭、学习规章、处理文件，回到宿舍往往都晚上10 点了，再看看新闻，和家人聊聊天，就该睡觉了。

随着汛期来临，刘玉良的工作节奏更快了，常常夜晚都要出去检查。车站不远处有一个 II 级防洪看守点，尽管不属于他的负责范围，但一遇刮风下雨，他总要去看看才放心。

年逾 50 的刘玉良"陪伴"成昆线的时间不多了，想到这些他总是莫名伤感。"我父亲 70 岁住院时，最大的心愿就是回成昆线看一看。年纪越大，我越能理解父亲。"他说。

（转载自公众号《成铁微家园》2020 年）

我在成昆线上修火车

胡婷芬

虽然我是"成昆铁路二代"，虽然我在 5 岁时就到了攀枝花，虽然在机务段上班的父亲无暇照管到处乱跑的我，虽然我在攀枝花密地机务分段门外的轨道上，给司机叔叔们制造了很多的惊吓，但我真的没有想到我长大后会到成昆线上修火车，直到退休，直到我的职业生涯画上句号。

1991 年，我从西昌铁路技校毕业后就穿上了制服，成为原西昌车辆段攀枝花客技站的车辆检修人员，干的第一份工作是现在可能已经在铁路部门主业消失的工种——缝纫工。我时常为自己学无所用，为自己拿技能部门的最低档工资而迷茫，也有过埋怨，但现在更让我想起就想哭的却是与"慢火车"的多年情缘。

之前根本不知道"慢火车"的检修有多艰难，直到我天天要上车缝补更换破损座席，我才知道什么叫艰难。扶贫一直是成昆线上"慢火车"的重点任务，从开行那一天起，就允许村民携带家禽家畜、大筐小篓上车。火车成了猪娃、鸡崽嬉戏的乐园，它们在座椅下、过道里撒欢，所过之处，留下一片狼藉。而我的工作就是把这些被咬坏的、撕破的座椅拆开，换上新的座套，然后重新装订好、缝补好。

我的工作是穿行在这些被猪拱变形、被钢筋划破的座椅之间，将这些残破的座椅一个个拆开，铺上海绵、套上座套。座椅角落那些污浊不堪的垃圾散发出的怪味阵阵袭来，蔓延在整个难以收拾的车厢里，就算哭了也不敢用被脏污的手去抹眼泪。完工后吃不下饭，那更是常有的事。我深信，这绝对是天底下最脏最破的火车，没有之一。想到自己长长的人生就将不断重复这场景，让我对未来的生活失去希望。

可当我在慢车上听到一个彝族老人说一筐土豆只卖了几块钱，一个核桃只卖五分钱时，我不敢再埋怨，也觉得自己没有资格埋怨。他们日晒雨淋，他们翻山越岭，那是怎样的辛苦劳累？或许，我们只能以这样的方式，让他们辛苦劳累的日子有更多的阳光和期盼。

数年以后，"慢火车"开始针对沿途村民的需要进行改造，给这些农副产品和家禽家畜准备了专车专座，做到了人畜分离、客货分离。曾经那些脏得无法落脚的场景，渐渐成为过往。在高铁逐渐唱主角的今天，"慢火车"已经成了为山区人民出行致富量身定制的交通工具，那是在我已经结束了和"慢火车"朝夕相处的很多年以后了。

1998年，迎接改革开放20年，这一年无疑是整个攀西地区的欢乐年。大山深处的成昆铁路，就要开通到首都北京的全列空调列车。为了尽快掌握空调列车的检修技术。我们60名青年工人到长沙铁道学院进行强化培训。40天时间要将别人学三年的知识装进脑海，对我们这些多数是初中学历、从未见过空调列车的人来说有多难，根本不用说。尽管老师不厌其烦，不断改变讲课方式，希望能让自己的讲解更通俗易懂，可我们对那如同天书的空调装置电路图、工作原理、配件构造等依然似懂非懂。写文章靠灵感，灵感其实也不是空穴来风，是源于滴水穿石般的日积月累，没有见过实物的学习，抽象得连想象力都无处安放。

学未成，归来却有百辆从外局调来的二手空调客车的运行前整修任务。这不是40天的学习是否过关的问题，这是肩负保障上千名旅客安全出行的责任问题。每个问题都不可以回避，每个不懂的地方都必须弄懂。在之后的很长一段时间里，在一列列库停空调列车上，随处可见的都是拿着书本、图纸处理故障的检修人员，包括我。我检修电茶炉时搞不懂为什么在库内运行良好的电茶炉，在列车开行后就出问题，搞不懂那块电路板上密密麻麻的电器元件究竟是干什么的。只有拿着书本，对着控制箱，一个个查找，一个个处理。在攀枝花近40度的高温下，在列车狭窄的电茶炉室里，握着细细连接线的手常常因汗湿打滑，汗水从掌心流水般往下淌，只有一次次地在衣服上擦干再来，直到接线完毕，直到看到所有的指示灯都正常亮起。

看到红色的空调列车像一条火龙飞驰在成昆铁路的崇山峻岭间，想到攀枝花人民终于不用转车就能安全舒适地抵达北京，车厢内那凉凉的风，那热热的茶水，都让我的成就感无限扩大。

如今，西南地区的成渝、成贵、渝贵铁路都实现了时速250公里、全程最多不超过4个小时就可抵达，而成昆线，目前全线至少需要17个小时才能行驶完。全国高铁的"四纵四横"已经成形，"八纵八横"已初具规模。地质结构复杂的成昆铁路，似乎成了和新时代距离最远的铁路。坐上动车去北京，这是攀西人民一个更为深切的期盼。2022年，成昆复线就要全线贯通，成昆复线列车又将迎来新一代的检修人员。我们都期待着，可以早上在昆明吃过桥米线，中午在成都吃串串香。虽然那时我已经退休，但我期待着那一天的到来。

再见，"K246"，再见，香樟树……

何冬梅

2020 年 4 月 9 日，已退休 4 个月的章显容再次回到曾经战斗近 30 年的地方——成昆线 K246 防洪看守点。这个看守点是 I 级看守点，铁道旁山壁陡峭，偶有山石落下，为保障行车安全需要 24 小时看守。

阳春三月，看守点旁的香樟树刚长出新叶，微风拂过，树枝摇曳。坐在斑驳的树影下，章显容慢慢讲起自己在看守点的点滴过往。

章显容的父亲也是一位成昆人。成昆线建成通车后，父亲来到南尔岗工区，成为一名桥隧工。1986 年，父亲退休，18 岁的章显容顶替父亲，继续在南尔岗工区工作。

1992 年，章显容结婚，由于丈夫在柏村工作，她被调到了离柏村站较近的 K246 看守点。从此，她就和香樟树一起，在这里扎下根来。

那时，从外面进入看守点的路并不好走。最近的路也需要先坐"慢火车"到柏村站下车，再沿着钢轨步行 3 公里左右。3 公里，走得快要 40 多分钟，走得慢就要一个多小时，中间还要经过 3 座隧道，最长的隧道有 1000 多米。隧道里一片漆黑，伸手不见五指，只能借着手电筒的微光艰难前行。走在隧道里，除了能看见手电筒的光覆盖的方寸之地外，完全看不见前路。年轻的章显容曾十分害怕，但为了上班，她必须一次次鼓起勇气，走进黑暗的隧道中。

那时的 K246 看守点，河这边是荒山，河对岸还是荒山，连大渡河都默默不语，目之所及没有一丝人气。"最冷清的是过年时，听到很远的地方传来的鞭炮声，感觉置身于另外一个世界。"章显容说。有时憋慌了，她就朝着峡谷扯开嗓子吼几声，心里才会舒服一点。此外，过年时从对讲机里传出的"新年快乐"祝福，也会给她带来很大的安慰。

安静寂寞的日子里，铁道旁的香樟树成为她最好的"朋友"。

那时的 K246 看守点，条件十分简陋。用几张牛毛毡、凉席建造出的简易草棚，章显容一住就是多年。后来条件慢慢改善，她住上了用石头砌成的屋子，但日常生活依然困难，连喝的水都需要自己去背回来。

近年来，中国铁路成都局集团有限公司加大投入，生产生活条件大为改善，看守点越来越像一个温馨的家了。"现在有冰箱、微波炉，连床上用品都配齐了。"章显容说。聊起过去和现在，章显容显得很开心。

跟随记者南行的脚步，章显容再次回到 K246 看守点。尽管离开没多久，但看守点已模样大变，工人们忙忙碌碌，正在为铁道加装棚洞。棚洞建成后这个看守点将被正式取消，成为历史。

章显容和同事们开垦的菜地变成了工棚。"以前这个季节我们就爱种点辣椒、茄子、小葱之类的蔬菜。"重游故地，熟悉的场景浮现在她眼前。

章显容

去年末，章显容正式退休。曾经每天要巡查 24 趟的 300 米铁道线、回答近百次的"K246 正常通过"，刻在了她的记忆深处。

退休后，肩上的担子轻了，她不仅没有觉得开心，反而有些无所适从了。她曾坐火车前往西昌，刚过柏村站，就早早等在窗前，就为经过看守点时能多看几眼。列车通过时，她还激动地向同伴介绍："这就是我的看守点。"

20 多年春去秋来，章显容身边的同事换了一拨又一拨，但她和香樟树始终坚守在此。"退休的时候还想，会不会再也没有机会回到这个地方了，没想到今天还能和它正式道别。再见，K246！"离开前，章显容噙着热泪说。

高大的香樟树将代替她，继续守护在铁道旁。

（转载自公众号《成铁微家园》2020 年）

最是无悔逆向行

——记成昆线工务大修段往事

许波

你可曾到过成昆铁路荒无人烟的山区小站？你可曾看见停泊在小站中的几节破旧客车烟囱冒出的缕缕炊烟？这里没有熙熙攘攘的旅客，也没有沸沸扬扬的都市风采，然而在这里却常年驻扎着一支施工队伍，他们就是成昆线上原西昌工务大修队的职工们。

铁路上的"吉普赛人"

他们随车而来，由车而去，一年换几个地方，一年搬几次家。他们搬家的方式可能是世界上最为独特的了：火车汽笛一声长鸣，他们的家就随着列车的车轮原封不动地迁徙他方，有人曾开玩笑地把他们称为"吉普赛人"。

熟悉铁路的人都知道，铁路工务大修队是一个流动性很强的施工单位，绝大多数施工点在荒无人烟的深山荒岭之中，远离机关、城镇和车站，担负着成昆铁路线762公里的泥石流整治和桥隧、线路的大修任务，点多线长，劳动强度大，职工长年累月地住席棚、车棚，蹲山沟。

一些人承受不了这种超负荷的体力劳动，接受不了飘忽不定的工作生活环境，耐不住这份寂寞与枯燥，更不能承受社会上对大修职工的种种偏见，悄悄地"跳槽"撤退了。在这些勇敢的"吉普赛人"中，最想跳槽的是那些有知识、有文化的人，而最不愿跳槽、最眷恋这片土地的也是他们！

他们中有刘朝泉、蒋中全、冯朝玺、张霖等一大批安身立命于这片土地的知识分子，把自己所学的知识与技能毫无保留地献给了这片土地，把自己的青春无私地献给了这条铁路，把自己的生命融进了战天斗地的滚滚洪流中去，战胜了泥石流、洪水的一次又一次挑战，保证了这条举世瞩目的大动脉的畅通。

金凤凰与大山的情缘

大修队总工程师刘朝泉是一个永不服输、技术风格严谨而又不乏创新的中年知识分子。1974年，这个长沙铁道学院工程系的高才生调到大修队担任技术管理工作，风风雨雨近20年，他先后担任技术室主任、队长助理、副队长、总工程师等职务，不管职位怎么变，他始终没有忘记一个知识分子肩上担负的神圣职责。他要对全队600多公里线路上几十个大大小小的工程负责，不论工程规模多大，每个工程都是他身上的一根神经，每个工地上都留有他坚实的足迹。

1991年，大修队开始对万里村沟进行彻底整治。这个沟因被泥石流冲毁大桥而远近闻名，是一个场地十分狭小、危险的"老虎嘴"。整治设计方案为空腹助拱式明洞渡槽工程，结构十分复杂，工程量大，施工极其困难，施工的首要问题是采取措施拓宽现场，使工程顺利展开，刘朝泉一连几天冒着大雨蹲在工地上反复测量、察看，熬了几个晚上，终于提出了他独特而大胆的设想：以桥梁为依托，在基本走行轨下穿长的横轨束梁，在两隧之间设吊索，吊挂横轨束梁的悬臂端，在桥的两侧形成宽坦、安全的工作平台，利用河侧平台解决明洞空腹助拱式外坪施工的支承问题。他的这一方案实施后，缩短了工期，节约了工程费用，赶在雨季之前完成了防洪基础工程，受到了上级的通报表彰。

1986年，他因在几十次防洪工程整治设计中成绩出色，被中国铁道学会选派到日本研修。学成回国后，正值全国上下"淘金热""经商热"，他在广东的同学都劝他放弃山沟里条件艰苦的工作，到广东沿海的工程技术部门去工作或经商。他并没有动摇，毅然回到这穷山沟里，与山、与水、与石头打交道。有人劝他，你出过国留过学，哪个城市不能待，哪个衙门进不去？像你这种学历待在这山沟里岂不是太冤枉了吗？而刘朝泉却说："近20年的朝夕相处，我了解这里的山，熟悉这里的水，更喜欢这里的人。"时光可以改变一切，却不能改变一个人永恒的眷恋。

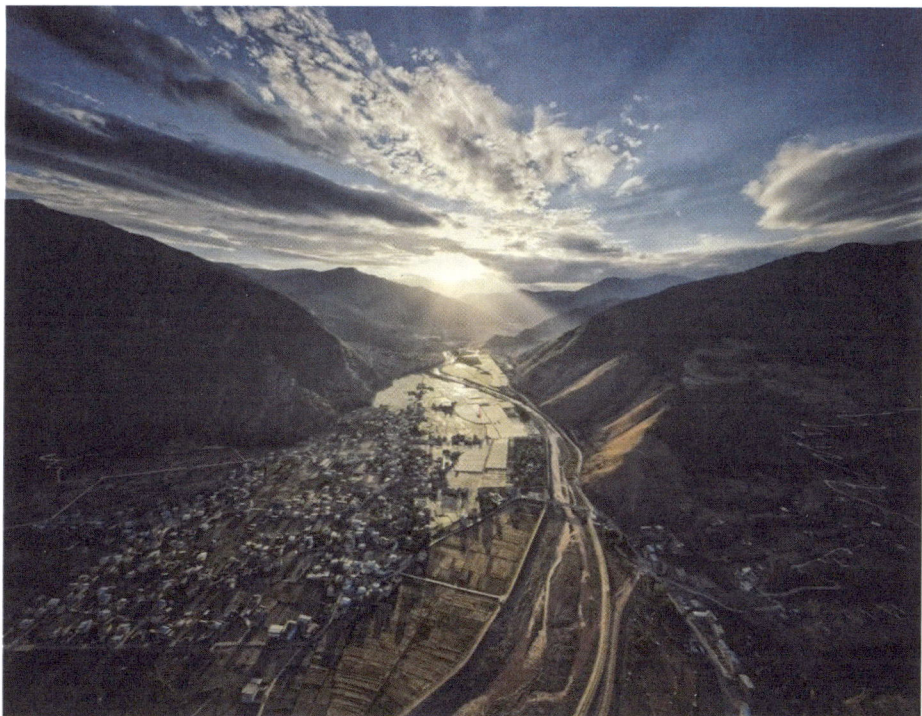

谁说山沟里飞不出金凤凰，在这大凉山的山沟里不仅飞出来了，而且还留住了金凤凰！

不弃"鸡肋"的秘密

蒋中全是一个年轻的工程技术人员，1984年他从上海铁道学院工程系毕业分配到成昆线西昌工务大修队时，年轻的心和沸腾的热血使他只有一个念头：可以在新的单位、好的环境中大干一番了。可是当他被分到大修队又安排到白果工点去实习的时候，秋风萧瑟、满目荒凉的场景，让他的心凉了半截。入夜，望着满天星斗，他叹息道，这偏僻的山岭难道就是自己孜孜以求的事业之所在吗？睡在席棚的第一个晚上，耳畔传来山涧瑟瑟的凉风声以及工友均匀的鼾声，强烈的汗味刺激着他每一根神经，他失眠了，他怎么也无法面对这样的现实：没有电视，没有音乐，没有书籍，没有他所喜爱的一切！理想与现实难道反差就这么大吗？还是先干干再说。就这样，他一干就是八年，先后分来的另外三个同学都相继调到别的单位去了，而他却开玩笑地援引三国曹操的话说道："这就像'鸡肋'一样，食之无味，弃之可惜。大修队虽然艰苦，但却是发挥我专业的最佳地方。"

是的，在面临选择物质文化生活还是自己的理想，自己珍爱的专业时，他毫不犹豫地选择了后者。

"眼睛师傅"的逆向调动

驻扎在普雄—拉白间 391 公里处的技术员冯朝玺既是 391 防洪工程的技术主管，又要负责白果 351 防洪工程的施工设计。两个工地相距 40 公里，其间有 3 个 2000 多米的隧道。早晨天不亮，第一个起床的就是他。他要步行到几公里外的车站搭"慢火车"到白果车站，下车后还要沿着铁道走两公里路才能到达工点。白天他与工人们一起放线、施工，晚上同他们一起睡在夏天像"蒸笼"、冬天似"冰窟"的席棚里聊天、吹牛，他一点也没有知识分子的斯文样，穿着挂满泥浆的衣服，与工人们一起咀嚼着枯黄的菜叶，撩起衣袖舀着浑浊的河水畅饮，工人们都亲切地称呼他"眼镜师傅"。

在成都的母亲看着儿子日渐黑瘦，要他调回成都去。他理解母亲的心意，但却留了下来，说道："既来之，则安之，我们虽然艰苦，可是和别人工程局的技术人员相比，这又算得上什么呢？我是学工程的中专生，队上让我搞技术，这正好用到了我的专业，和那些学非所用的中专生比较，我算幸运多了。"就这样，他不仅没有调回成都，反而还把外地的妻子接到了大凉山……

我们防洪工程的设计组织者们，为了自己学有所长、学有所用，为了实现自己的社会价值，为了自己心爱而神圣的专业，不奢望过多的物质享受，不羡慕灯红酒绿的都市生活，风餐露宿，早出晚归，忍受着许多人无法忍受的孤独、单调和寂寞，这是一群多么可敬的知识分子啊，也许他们中间谁也未曾想到要在这野岭荒山中奉献青春，可他们谁也没有退却，谁也没有当逃兵！他们不夸耀自己的学识，而是与工人们一道用坚实的臂膀垒筑起一道道生命的防线，谱写出一曲曲动人的凯歌！

地上的席棚婚礼

他，张霖，一个稚气未脱的小伙子，刚从湖南衡阳铁路工程学校毕业，就恰好碰到铁道部投资 700 多万元的整治凉红车站勒古洛夺泥石流渡槽工程。这是成昆线投资最大的重点防洪工程，工程质量要求高，工期紧，施工难度大。作为工程的技术人员，张霖可忙坏了，他每天都在琢磨、钻研，他的席棚铺满了书籍、图纸和仪器，可就在这间简陋的工棚中，一个大胆的想法脱颖而出——运用网络技术进行系统管理来控制工期。队里采用了他的意见后，张霖白天要在冰冷刺骨的工地上抄平放线、检查工程质量，晚上躲在被窝里整理资料。到了周末，许多职工都回家探亲或外出串门去了，而他却一个劲地画图纸、量尺寸。父母见他不回家，托人捎信让他回去，他却对父母说："等工程结束了，一定请上一个月的长假回来侍奉两位老人。"在成都的未婚妻也时常埋怨他不能陪她，张霖还是那句话："等工程结束了，我一定……"

经过 8 个月的苦战，由于采用张霖的方案，第一期工程提前 25 天竣工，顶住了一次又一次泥石流的冲击，受到路局、分局的表扬。《人民日报》《人民铁道报》《四川工人日报》、四川广播电台等新闻媒体纷纷做了报道，引起强烈的反响。

在一个花好月圆的夜晚，工地席棚里热闹欢腾，"噼里啪啦"一阵鞭炮之后，张霖与未婚妻在席棚里举行了婚礼！这也许是世界上最简陋的"新房"了，这四面透风的席棚就是他们新婚的家！

是的，谁都想有一个家……然而为了这条铁路，为了更多的人有一个温馨的家，他们献出了自己的爱和汗水，甚至献出了自己温馨的家。

他们是凉山优秀的儿女，是千里成昆铁路不朽的脊梁！

第三章　深切缅怀

多想再看看，多想再坐坐，和你说说我们在煤油灯下学《毛泽东选集》，在施工现场共同掌钎，在攀枝花树下促膝谈心的往事，多想拉着你年轻的手，让你们看看今天的好生活！

亲爱的战友，熄灯号为你吹响，安息吧！祖国和人民没有忘记你们，成昆线上的千山万水没有忘记你们，你们来过，你们战斗过，你们的精神照亮了一个时代，化作天空中永恒的星辰，让我们仰望。

故地重游忆当年

肖泽金

2019年10月，原铁道兵第五师老兵100多人，从云南昆明、宣威、沾益、楚雄、富源、曲靖、会泽等地来到攀枝花故地重游。

攀枝花中国三线建设博物馆是他们的第一站，车刚停稳，一位老兵下车，举起红旗，在微风吹拂中，红旗上"铁道兵"三个金光闪闪的大字，熠熠生辉。

这三个字记录着铁道兵的历史，记录着铁道兵在我国三线建设中的辉煌成就，也记录着把铁路修到全国各地的战斗历程。

1953年9月，"铁道兵"正式成立，从此活跃在祖国各地，正如铁道兵军歌所唱，"铁道兵战士志在四方，哪里需要哪里去，哪里艰苦哪安家"，他们把铁路铺到了祖国最需要建设的地方。自身居无定所，却让万家安居乐业！他们修筑了贵昆线、成昆线、襄渝线、鹰厦线、南疆线等，有力地支援了祖国的社会主义建设，也大大地方便了人们的出行。铁道兵于1984年被撤销，但铁道兵的奉献和在百姓中的影响始终没有被人忘记。他们是丰碑，是前进的灯塔，辉煌着祖国，服务着大家。

正因为如此，老兵们才在花甲之年，甚至80多岁高龄时，仍不忘初心，故地重游。三线建设博物馆，综合展示着老兵们当年流过血、流过汗、流过泪的年代，不少战友还付出了生命，长眠在铁路两旁。他们无私奉献，无怨无悔。当有人用不同的价值观来衡量时，老兵们仍然铿锵有力地回答："当年艰苦创业，自力更生，无私奉献，值！"

当在展厅的图片、视频中看到他们曾经战斗过的地方——密地桥、三堆子、弄弄坪、朱家包包等，老兵们激动不已，热情不减，用手比画着，讲起了当年的经历、故事和艰辛，甚至还道出了当年的放炮兵体内带着一块修铁路时留下的岩石，经过了40多年才发现的奇迹。

老兵们不满足于只在图像中看他们曾战斗过的地方，还要到实地参观才不虚此行。

第二天老兵们乘车去了朱家包包矿山，看到已挖掘得很深的坑道，为不断发展的今天由衷地赞叹。他们看了三堆子和青龙山隧道，又去桐子林和牛坪子车站，在牛坪子车站，看到停放在那里的火车和铁路维护的工程车，老兵们不停地拍照留念。看到他们如此热情，工程车上的人员也下来问情况，相互交流时很投缘。老兵们在向他们介绍情况时流露出几分自豪，说起话来滔滔不绝，侃侃而谈，也让在场的"铁路人"对老兵们由衷地敬佩。

行车路上，老兵们交谈声不断，热情满满，气氛热烈，谈的都是修路的记忆。就这样，他们在热情萦绕中，来到盐边新县城。

说起当年事，再看眼前景，满眼都是鳞次栉比的楼房，老兵们激动不已，感慨万千，不停地赞叹："变化太大了！"也因看不见当年的营房驻地而感到有点遗憾，但同时认为这是发展的必然，也是时代变迁的需要！

他们不停地赞美，认为变化孕育着希望，变化带来今天的辉煌！

到烈士陵园祭奠牺牲的战友是老兵们这次故地重游的重要事项。在高高的纪念碑前，老兵们举行了肃穆庄严的仪式，以此告慰长眠于此的43名战友。老兵们专门带来了当年战友们喜欢的白酒和香烟，

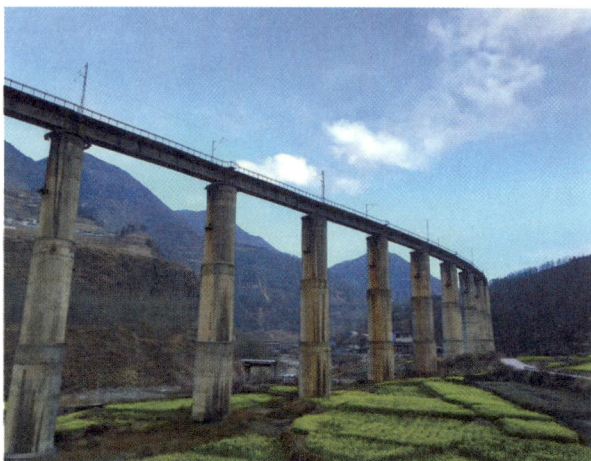

虔诚地把酒洒下，把香烟点燃。对战友深深的怀念，化成滚滚热泪，潸然流下，泣不成声。

在此之前，邓道本老人因为思念牺牲多年的战友，时时想到要前往战友曾经战斗过的地方（攀枝花）扫墓，以表达自己的怀念。当如愿以偿时，面对老战友的墓碑，联想到战友的父母知道他牺牲的消息后悲痛难当，相继去世，悲伤涌上心头泪流不止，不能自拔。这场景，不仅让在场的人潸然泪下……以前他爱人不理解他对死去战友的思念，今天亲眼见到他悲痛欲绝的情形，才知道他内心的痛苦。

直到来到二滩水电站，看到高坝平湖，看到难得一见的泄洪飞流直下的壮美景观时，邓道本老人思念战友之情，才稍有缓解。

烈士陵园中高耸入云的塔碑，毛泽东同志"为有牺牲多壮志，敢教日月换新天"的题词，仍然历历在目，在脑海里挥之不去。老兵们脑子里始终萦绕着：没有无数先烈前仆后继，没有战友们无私奉献，就没有今天的幸福与灿烂辉煌！

亲爱的战友，熄灯号为你吹响

——铁道兵第五师老战士同德烈士陵园祭奠活动纪实

罗毅

2015年4月10日上午9点50分，原铁道兵第五师22团4连司号员，66岁的张成开在攀枝花市同德烈士陵园吹响了集结号。150多名年过花甲的老人，从镌刻着熟悉或陌生名字的烈士墓碑前离开，集合到革命烈士纪念碑下。原铁道兵第五师22团机械连战士，67岁的谢孝全指挥全体人员按乘车编队列队集合。

"立正，向左看齐，向前看，稍息！"在谢孝全发出的号令中，老人们神情庄重肃穆，按军人的队列标准完成每一项动作，但他们的身板不再笔直，他们的脚步不再铿锵，极速调整移动的身体发出沉重的声响，脚下的一双双草鞋、布鞋、凉鞋、皮鞋、橡胶鞋、塑料鞋卷起岁月的风尘。

尘埃尚未落定，目光炯炯有神。《铁道兵志在四方》的歌声如滚滚惊雷，划破长空。

背上了（那个）行装，杠起了枪，

雄壮的队伍（那个）浩浩荡荡。

同志们啊，你要问我们哪里去啊，

要到祖国最需要的地方……

　　晨光中，老人们的声音苍老沙哑，胸前佩戴的白花随着情绪起起伏伏，凝重的眼神有了光彩。

　　"同志们啊迈开大步，朝前走啊，铁道兵战士志在四方。"军歌嘹亮，气势如虹。

　　原铁道兵第五师23团战士，66岁的邹维福手捧一本《激情老歌》，走上前来，怀着不能自已的激动心情为战友高唱《血染的风采》。

　　"也许我告别，将不再回来。你是否理解？你是否明白？也许我倒下，将不再起来，你是否还要永久地期待？"邹维福的声音颤抖，气息不稳，但意志坚定，情感凝重，感染着老人们，大家一起合唱："如果是这样，你不要悲哀，共和国的旗帜上，有我们血染的风采！"

　　歌声萦绕，长空寂静。

　　为战友默哀静立，寄托近半个世纪的深切思念；向战友鞠躬致礼，告慰永远年轻的生命；献上朵朵白花，倾诉对山河大地无限的敬意。

　　原铁道兵第五师战士亲属，67岁退休女教师成小卿饱含深情宣读祭文："穿越上千里，只为来看你。亲爱的铁军战友，为了成昆线，为了大三线，你们长眠在这里，用血肉之躯凝成道基。那飞奔的列车，那呜呜的汽笛，正是你们呼啸的军魂。"

　　成小卿抒发了对牺牲战友的怀念，同时向远行的战友报告："因为有了你们，铁道兵个个都是好样的。你们的战友，虽然已近古稀，依然保持着铁道兵的奉献精神，有的在为群众的健康保驾护航，有的忙着为农民兄弟配送种子，有的一直为战友的事情奔忙，有的在老年大学服务，有的为村民送去欢乐，有的为小区安装、维修水电，有的为乡里乡亲理发……因为，我们是永远的铁道兵！"

　　"我们是永远的铁道兵！"原铁道兵第五师22团战上，64岁的刘月清从成小卿手中接过话筒，面对一路走来的战友，心潮澎湃地说："战友们，经过一年多的准备，我们把几十年的牵挂和思念，化作重走成昆线的力量。从4月6日踏上行程，我们顾不得人间四月的美景风光，向着铁道奔去，向着那些为了成昆线、牺牲在成昆线并且永远守护着成昆线的战友们奔去。我们从成都出发，到过喜德烈士陵园、西昌烈士陵园、德昌烈士陵园、米易烈士陵园，今天到了同德烈士陵园。

我们全体成员自费重走成昆线，祭奠牺牲在成昆线的战友，同时也向长眠在成昆铁路沿线的战友汇报：我们无愧于他们的战友称号，无愧于铁道兵的称号！我们中间既有铁道兵第五师的战友，也有铁道兵第八师、铁道兵第一师的战友，也有不是铁道兵，但在高原野战部队当过兵的战友，还有来自成都市级部门退休的两位女同志严秀珍和周勤。他们为铁道兵的伟绩所感召，带着中华民族对先烈的感恩崇敬之心，和我们一路辗转、颠簸前行，感人至深。在攀枝花的原铁道兵第五师22团老首长彭建亮和其他战友，不顾高龄陪同我们到同德祭扫，这一切都是对先烈的最大慰藉，也是对我们重走成昆线的莫大鼓舞。我们要让先烈放心，只要祖国和人民需要，我们都会挺身而出！"

刘月清激情洋溢的讲话结束后，老人们又依依不舍，再回到烈士墓碑前凝视、抚摸，说着想对战友说的话："多想再看看，多想再坐坐，和你说说我们在煤油灯下学的《毛泽东选集》，在攀枝花树下促膝谈心的往事，多想拉着你年轻的手，让你们看看今天的好生活！"

张开成来到烈士纪念碑下，整理好刚刚敬献的花圈挽联，"深切怀念亲密的战友"几个大字在阳光下熠熠生辉。他拿起陪伴他近半个世纪的军号，用红绸轻轻擦拭。随即，他扬起头，向着远方、向着蓝天，吹响中国人民解放军熄灯号。

号声舒缓、悠长，弥漫天际。

战友，你听见了吗?

思 念

肖泽金

20世纪60年代修建成昆铁路时，一天，突然传来13连曾成海和肖启高在放炮时发生意外，双双牺牲的消息，我感到非常的悲痛与震惊！曾成海是我邻村的农民朋友，我与他一起走出乡村，入伍当兵，新兵连在一起，后来又在一个营。我在营通讯班，他在13连，还能经常见面，不料今天却阴阳两隔，一时间泪水止不住地向外流……

曾成海和肖启高两位战士不幸牺牲，整个连队的干部战士都沉浸在悲痛之中，战士们都是20岁左右的年轻人，没有过身边战友突然牺牲的经历，因而情绪非常低落。当晚我陪同营部的杨至诚教导员到13连做思想政治工作，稳定战士的情绪。

当杨教导员赶到现场时，整个连队鸦雀无声，可想而知，战士们情绪低落到了什么程度。在向两位牺牲的战友默哀三分钟后，听完杨教导员一番讲话，全连干部战士的情绪才稳定了下来，没有影响第二天的工作。

当时修路任务非常紧张，第二天，战士们化悲痛为力量，继续抢修成昆铁路，以此告慰牺牲的战友，并在心中许下承诺：一定要继续战友未完成的事业，尽快把成昆铁路建成通车。

当铁路修通后，我无数次地乘车经过战友牺牲的枣子林隧道，每次经过那里，心情都无法平静下来，要么觉得那里十分寂静，要么心情很低落，始终无法抑制对两位死去战友的怀念。

50多年过去了，很快又到清明节了，特写此短文以表内心的怀念。

曾成海、肖启高，你们安息吧！

遥寄给天堂的老师长

段海燕

2017年元月26日，深受铁道兵第五师官兵尊敬和爱戴的老师长顾秀副司令员因病在上海去世。噩耗传来，悲痛不已。我因要照顾病重的母亲，不能前去上海吊唁，特将9年前写给首长的信，遥寄天堂……

——笔者题记

尊敬的顾司令：

您好！

2008年4月16日，是值得纪念的好日子。那天，我们敬爱的老师长您，以86岁的高龄，专程从上海来成都参加"纪念铁道兵组建60周年暨铁道兵第五师第18届成都战友会"。300多名原铁道兵第五师四川籍官兵欣喜地见到了您——我们尊敬的老师长！我们仔细聆听您的大会讲话，争相捧读您的新作《历程回望》，宛若翻开了历史的篇章，仿佛又回到了部队，回到了在您率领下修建成昆线、南疆线的日子。首长在离休之后收集资料撰写了25万字的《历程回望》，堪称铁道兵军史弥足珍贵的史料！您用准确的数据与翔实的资料记录了共和国的忠诚战士在那特殊年代的奉献与功绩，记录了老一辈革命家"平凡"的丰功伟绩！让后人受益无穷，让亲历者又重回那"激情燃烧的岁月"……

38年前，在您的亲自关心下，未满16岁的我，在四川米易穿上了军装，圆了自己从小的当兵梦。

从此，我在铁道兵第五师锻炼成长，尽管军队编制调整让我告别军旗，但我仍然为自己曾经是一名铁道兵战士而自豪！

离开部队 24 年了，常常在梦中想起当兵的日子，多少次梦回攀枝花，多少回梦游金沙江。那时的攀枝花是祖国三线建设的大后方，抬头望高山，低头见河滩，金沙江像一条银练镶嵌在群山环抱中。望着绵亘的群山，连里的老兵告诉我，周恩来同志当年在为攀枝花钢铁厂选址时，曾指着这绵延起伏的群山，气吞山河地说："弄一弄就平了嘛！"

渡口市革委会主任、铁道兵第五师师长顾秀在庆祝攀钢"七·一"出铁大会上讲话

于是，您——我们尊敬的师长，就率领着铁道兵第五师的数万名官兵，穿着工装、戴着安全帽、扛着风枪，浩浩荡荡地进山了：逢山筑路，遇水架桥，风餐露宿，沐雨栉风。于是，沿着金沙江、沿着宝鼎山，您指挥着您的士兵成功地实施了朱家包包定向大爆破；在悬崖峭壁上凿出了弄弄坪；在水流湍急的金沙江上建起了密地大桥；在地质复杂的攀西修通了成昆铁路，修通了渡口支线……

"打通昆仑千重山，又战东海万顷浪。林海雪原铺新路，金沙江畔摆战场。"《铁道兵志在四方》的军歌在我耳边萦回。历历往事尽在眼前：老乡的甘蔗地里，有我们助民劳动的身影；高高的山岗上，我们攀崖爬壁去割安宁香茅草，提炼治疗烧伤的新药；干燥的多风季节常使老乡的茅草屋失火，这时急促的紧急集合号便会催我们下山救火。那时，我们的军装都打着补丁，那是训练和施工时磨的；那时，我们的脸盆全是扁的，那是救火时摔的；那时，我们的身上常常青一块紫一块，那是擒拿格斗的纪念，是爬电杆架线的"馈赠"。每逢春节、"八一"，驻地的老乡就会挑上一担担罗汉甘蔗、一串串芭蕉和一块块红糖给连队送来，咬一口透心甜；战鼓文工团送来了芭蕾舞剧《红色娘子军》，一句"战士的责任重"唱得女兵们热泪盈眶。"解放军进山修铁路，和咱彝家同甘苦，你们为边疆修筑幸福路，金江边洒下了多少热汗珠"，军民鱼水情，其乐也融融。

司令部营区的山后有一座烈士陵园。守园的老红军说，部队过金沙江时他负伤掉队了，新中国成立后便做了守园人，他要伴随战友到永远。

满山的攀枝花开了，火红火红的，点缀着南国风光。在这钢铁运输线上，铁道兵第五师的万余名官兵用血汗在攀枝花的崇山峻岭中为祖国母亲开凿出了一条钢铁通道。丙谷隧道大塌方，正在施工的整整一个排的官兵无一幸免；九道拐隧道、新庄隧道，那里长眠着我的战友、我的亲人。在被列为"攀枝花爱国主义教育基地"的烈士陵园里，我肃立墓前怀念英灵。这些十八九岁的战士永远留在了这里，守卫着铁路、守卫着攀枝花，正如墓碑上刻着的："1970年在参加渡口建设中牺牲。"

1973年岁末，奉毛泽东同志命令，遵照周恩来同志"依靠天山，搞活天山"的指示，铁道兵第五师告别刚刚全线贯通的成昆线、渡口支线、西昌卫星基地专用线，挥师北上修建南疆铁路。师长，我还清楚地记得当您在全师干部大会上宣布军委命令后，白石肖副师长代表进疆先遣分队表示"死在新疆，埋在新疆，不修通南疆线不出疆"时，全师上下群情振奋的情景……

尊敬的师长，您作为铁道兵第五师的最高领导，处处以身作则、率先垂范，赢得全师官兵的爱戴；建设成昆线时，您指挥靠前，乘坐轨道平板车下部队检查工作时，遭遇车祸不幸受伤；在"文化大革命"最艰苦的日子里，您临危受命出任渡口（攀枝花）市委书记，克服艰难险阻，保证了成昆铁路按时通车，攀钢按时出铁；在新疆，西行的列车突遇暴风雪，您挺身而出，率领车上的官兵保护人民群众的生命安全，《解放军报》为此发表长篇通讯《红星在暴风雪中闪光》；您关心战友和同事，自己承担责任把在"文化大革命"中受迫害的老干部的子女特批到铁道兵第五师当兵（这些孩子们没有辜负您的希望，都健康成长着），可是您自己，身为师长、司令员却没有用特权让自己的孩子穿上军装，他们只能在艰苦的铁道兵第五师当随军职工……

38 年，弹指一挥间。

我已解甲 24 载，许多往事已淡忘。回望历程，唯有铁道兵不能忘，成昆铁路不能忘，南疆铁路不能忘！这里有我们这代人的理想信念和追求，这里有首长潜移默化传给我的宝贵的精神财富……

恭祝师长身体健康！

部属：段海燕

2008 年 7 月 15 日

遥望上海祭拜顾司令员：老师长一路走好，天堂里，我还做您的士兵！

2017 年 5 月补记

（段海燕　《铁道兵情怀·记忆》2018 年）

英灵溶绿水　忠魂化青山

——在德昌县烈士陵园的讲话

蔡方鹿

亲爱的长眠在德昌的战友、兄弟：

青山埋忠魂，日月寄哀思。今天，为纪念成昆铁路建成通车42周年，当年与你们在一个部队的战友蔡方鹿和四川师范大学部分研究生来看望你们了。我们聚集在这里，沉痛悼念为修建成昆铁路而英勇牺牲的铁道兵烈士！

眼前这一座座坟茔，躺着我们的战友。四十多年前，你们都是年轻活泼的热血青年，从祖国的四面八方，满怀着豪情和憧憬，走进凉山，来到德昌。

你们为了祖国的山河更加秀丽，为了这片热土的兴盛和山区人民的幸福，不畏艰难险阻，奋战成昆，把自己年轻宝贵的生命和满腔的热血留在了大凉山麓、安宁河畔。四十多年了，你们默默地躺在这片土地上，守望着这条为之献身的钢铁大道，注视着祖国一日千里的发展，关注着德昌日新月异的变化。你们已化为那场惊天动地铁路大会战的历史见证，已经化为这方美丽山水的魂魄和精灵！一想起牺牲在成昆线上的战友，我们心里就充满了深切怀念。虽然时光流逝已经40年，但你们朴实的身影和音容笑貌永远留在我们心中，与祖国山河大地同在。正是因为你们的流血牺牲，才换来了今天交通的便利和经济文化

148

的大发展。你们所创造的成绩将与世长存，永远存在于中华民族发展的历史长河中。

此刻，我们站在这里，回首往事，历历在目，刻骨铭心，令人难忘。想当年，我们"逢山开路，遇水架桥，铁道兵前无险阻；栉风沐雨，风餐露宿，铁道兵前无困难"。正是有了这种不畏高山险阻，不怕流血牺牲，勇于面对一切困难的大无畏的铁道兵精神，我们克服了种种难以想象的困难和艰难险阻，如地质结构复杂、施工环境恶劣，坍方冒顶、泥石流灾害；施工物资器材供应不上，生活给养不足，长期吃不上蔬菜；武斗频起，交通断绝，造反派抢枪；土匪暴动骚扰地方，危害百姓；等等。我们夜以继日，筑路施工，献出了美好的青春年华，才使成昆铁路这条 1096 公里的钢铁大动脉得以贯通，造福国家和人民。

回首 40 年前我们一起在铁道兵军营的战斗生活，我倍感激动，思绪万千！每当我们唱起"背上了那个行装，扛起那个枪，……劈高山，填大海，锦绣山河织上了铁路网，……铁道兵战士志在四方"这首雄壮、激昂的歌曲，思绪便飞向那遥远而又仿佛是昨天的岁月。我们似乎又回到了那军歌嘹亮、打眼放炮、除渣倒料、铺路架桥的火红的日子。汗水溶化千层岩，风枪打通万重山。在艰苦卓绝的铁路施工中，我们发扬人民解放军一不怕苦、二不怕死的革命精神；牢固树立以艰苦为荣、以劳动为荣、当铁道兵光荣的"三荣"思想；同时树立和发挥实事求是、苦干加巧干、钻研业务、精通技术的科学精神，创造了包括修筑大跨度的天字第一号工程——锦川铁路石拱桥在内的第一流的成绩，这永远值得我们回忆和引以为傲！我们有太多的思念想向长眠于此的亲人们诉说。战友们，你们的付出是伟大的，你们的生命永垂不朽！铁道兵烈士永远活在人民心中。

亲爱的战友们，你们把生命融入祖国的江河，把光辉铸进祖国的高山。江河知道你们，高山知道你们，祖国不会忘记你们，人民也永远不会忘记你们。你们无私地奉献，不求回报和索取，用自己的流血牺牲，在铁路沿线人民心里，筑起了我们铁道兵永远不倒的光辉形象！

我们的人生中最宝贵的青春岁月，是在为祖国、为人民修铁路的艰苦卓绝的铁道兵生涯中度过的，我们对这条成昆铁路寄托着太多的感情，特别是那些牺牲在隧道里、大桥下、泥石流中的战友，四十多年来无时不勾起我们的记忆。

今天，我们和四川师范大学政教学院的部分师生一起重返成昆线，在德昌烈士陵园来祭奠你们的英灵，缅怀你们的功绩，追寻铁道兵的足迹，追忆生命的价值，去看看我们用双手修筑的铁路，给沿线的社会发展和人民生活带来了怎样的变化。总之，我们的目的是发扬革命传统，弘扬铁道兵精神；继承铁道兵不畏高山险阻，不怕流血牺牲，勇于克服一切困难的大无畏精神和光荣传统，为祖国繁荣富强和中华民族的伟大复兴贡献自己的一分力量！

人是身与道、肉体与精神的结合体。身以载道，以身殉道，身有存亡，道则永恒，身亡而道不亡。铁道兵烈士身虽不存，但其道则永存。军魂永在，铁魂长存。

安息吧！亲爱的战友。你们在天堂可好？来年再来看望你们！

第四章　歌以咏志

杰作、奇迹、神话、脊梁、丰碑……

成昆铁路，我该用怎样的词语来定义你？我该用怎样的心情来赞美你？你早已超越了铁路的意义和范畴，而上升到无坚不摧的拼搏和奉献精神，哺育这里的山川和人民，让精神滋长，令经济腾飞。

时代的大潮一路向前，那些搁浅的前浪，也留下一声叹息。

轻吟

从我炽热的胸膛，流淌出歌声，跟随你踏遍千山万水。

成昆抒怀

付世坤

"嚯——嚯——嚯——嚯！"

背靠关村坝，面向大渡河，抓一把阳光，挥一下衣袖，将双手尽可能地上举，我一个深呼吸，仰天长啸。

醍醐灌顶般，我周身通泰。

大河那边的奇峰、异石、怪岩、苍树，回应着我。

河水无声静流，阳光如金子般挥洒在河面，波光粼粼。

身后这座奇异的关村坝车站，是用 388 吨炸药一次性成功爆破 39.5 万立方米土石方，炸山填壑造就的火车站，因"一炮轰出一个火车站"而饮誉世界。

面前这大河，这大山，这刀削斧凿的悬崖绝壁，你是否有上亿年的演化史？你的前世今生究竟哪般模样？

拦河发电，人工伟力，使得大渡河的水像驯服的野兽，蛰伏于万丈峭壁之间。

不远处，那座熠熠生辉的金佛，宝相庄严，不断散发着自己的仁慈。

大山深处，风笛高昂。那是一条又一条钢铁巨龙，拉响了独特气质的风笛，才让大凉山变得热血沸腾，高奏新时代进行曲。

遥想当年，人类奇迹成昆铁路，打破了洋专家"修路禁区"的定言，40万建设大军逢山开路，遇水架桥，承载起中华民族的特殊使命，让成昆铁路的民族血脉汩汩流淌，让大渡水相伴，深深地烙在中华民族的精神里。

难怪，成昆铁路与美国阿波罗登月、苏联第一颗人造卫星上天一起，被誉为20世纪人类征服自然的三大奇迹。

修建成昆铁路的意义远远超越铁路本身，作为中国人民征服自然的精神象征，让世人瞩目。

"巍峨成昆线，蜿蜒两千里；铁龙闯禁区，动脉书奇迹。"人民铁道兵、工程局建设者及其他参战人员，风餐露宿，浴血奋战，在金口河大峡谷接受了一次次血与火的洗礼，用血肉之躯，扛起一条钢铁大动脉。铁道兵及广大铁路建设者和成昆铁路一样，成为永不磨灭的国家记忆。

50年沧海桑田，50年弹指一挥间，自1970年7月1日开通运营半个世纪的成昆铁路，历经沧桑，却不疲惫，反而焕发出新的光彩。

走进成昆铁路，坐上公益性绿皮"慢火车"，我思绪翻滚，感慨万千，我的心情岂能平静？

成昆铁路就是一个传奇，从语文课本的《一线天》，深情回忆起您的雄壮与美丽；从各种教材的典型案例中，清晰地知道"地质博物馆"的来历。今天，让我们走进你的故事，倾听你的传奇，感知的你神圣与诗意。

翻开历史，记载清晰：成昆铁路沿线，地形极为复杂，谷深坡陡，河流峡谷两岸分布着数百米高的陡岩峭壁。由于历次地质构造运动的影响，山体断裂发育，裂谷横生。全线有 500 多公里位于地震烈度 7 度至 9 度的地区，其中通过 8 度至 9 度地震区的线路有 200 公里。同时，铁路沿线不良地质现象种类极多，滑坡、危岩落石、崩塌、岩堆、泥石流、山体错落、岩溶、岩爆、有害气体、软土、粉砂等不计其数。

但是，人与自然，自然与人，在平衡中抗争，在抗争中寻找新的平衡，推动历史与地理的新进程。

成昆铁路就是一部意料之外而又在情理之中的历史。

50 年前的那一声风笛，不仅打破了国外专家的预言，而且为人类在险峻复杂的地理环境中建设高标准的铁路创造了典范。

谁说没有例外？历史总得向前。

当年的铁道兵、工程局广大参建者，历经数载，浴血奋战。他们壮烈的故事，英勇悲壮，永载史册。千余名铁道兵战士长眠在这条铁路线上，成为永远的守望者……

忘记历史，意味着背叛，红色基因，应一脉相传。

气壮山河的成昆铁路，让世界刮目相看。

气吞山河的成昆铁路，成为中国建筑的一张名片。

永远的成昆精神，矗立成一座丰碑！

青龙山作证

史芸

朋友，你听说过吗？攀枝花有一个地方叫牛坪子，有一座山叫青龙山。也许你不清楚，但我知道。因为，我的外公和他的战友把火热的青春奉献在那里，用鲜血和生命谱写了一曲可歌可泣的壮歌。此刻，就让我们把时间拉回 20 世纪 60 年代，聆听我外公魏东贵和他战友的故事。

蓬勃的牛坪子

故事从 1965 年说起。3 月 4 日，毛泽东同志在冶金部上报的文件上批下"此件很好"四个字，同意成立攀枝花特区，开启了攀枝花开发建设的伟大征程。全国人民积极响应，各省各市、各行各业数十万建设者，踊跃参加具有历史意义的"三线建设"。

在浩浩荡荡的建设大军中，有一支头戴红五星、身穿绿军装的队伍格外引人注目，他们就是中国人民解放军铁道兵 7659 部队，参加修建"三线建设"中的钢铁大道、运输动脉——成昆铁路。

7659 部队即铁道兵第五师。铁道兵第五师共有 5 个团，其中第 23 团即 7662 部队担负着从三堆子车站到橄榄坡 20.8 公里的铁路施工任务，其主要负责的工程有：总长为 10128 米的青龙山、青松山、花滩、手攀岩、革命村一号、革命村二号等 7 座隧道的施工，总延长为 3286.8 米的大中小桥梁、总横长为 4866 米的涵洞及总面积为 26180 平方米的两个车站的建设。

解放战争扛过枪、抗美援朝渡过江的老革命，当年 34 岁、时任第

23 团第五营营长的魏东贵带领五营中的 5 个连的 1000 多名解放军指战员，随这支部队从云南曲靖宣威来到牛坪子。

这里，迎接他们的是火辣辣的太阳、光秃秃的山脉和一片片的荒草。

"什么事都难不倒英雄的铁道兵。"魏东贵带领营级干部和各连队负责人走遍了牛坪子的各个角落，经过多次实地调研、勘测，将营部设在雅砻江畔，5 个连分别就势依山而居。

魏东贵在营部留影

说干就干。指战员们提出"三年不倒，越快越好"的口号，即居住的房子只要求三年不倒，要把更多的时间和精力用来建设成昆铁路且要越快越好。他们挪开石头、铲除野草、打平地基，在高低不平的山间里、小道旁、河岸边，盖起了一幢幢简易的干打垒房子和一间间席棚子，这就是他们居住和生活的场所。然而只有他们知道，这样的房子冬不暖夏不凉、蚊子叮虫子咬。

居住条件尚且如此，一日三餐又会怎样？非常简单！简单到"一个班、一盆菜、一个味"，即一个班 12 名战士围着一张桌子，你一口我一口夹着唯一的一盆菜，且菜的品种只有一个，或是三月瓜，或是海带，或是莲花白，或是土豆，等等。逢年过节、月初、周末改善生活，也就是菜里有了肉，肉的味道飘荡在军营，香到每一位战士的心里。

环境恶劣，条件艰难，生活枯燥，却扑不灭他们内心深处火热的激情，驱不散他们对美好生活的向往。

看！他们迈着坚定的步伐来了。在朝阳晨曦下，在夕阳晚霞里，随着嘹亮的军号声响起，他们口令一致、步伐一致、行动一致，立正、稍息、向右转，一二三四齐步走，紧急集合跑早操，站岗放哨理内务……

四十年后再唱《铁道兵志在四方》

他们既是铁道兵更是解放军，所有陆军的训练一项不少，展现出他们坚强正直、无私奉献、英勇顽强、英俊挺拔的光辉形象。

听！他们唱着嘹亮的歌声来了。每月甚至更长时间放映一次的露天电影给他们带来无限欢乐。电影开始前，各连拉歌比赛，一浪高过一浪。"背上了（那个）行装扛起了（那个）枪，雄壮的（那个）队伍浩浩荡荡，同志呀！你要问我们哪里去呀，我们要到祖国最需要的地方。"唱得最多的当属这首《铁道兵志在四方》。接着，《三大纪律八项注意》《我是一个兵》等一首接一首。"唱得好不好？""好！""再来一个要不要？""要！"军歌此起彼伏，在夜空回荡，直到电影开始。《地道战》《地雷战》《英雄儿女》……百看不厌，陶冶了情操，提升了素质。

他们来了，来自五湖四海，四川贵州的、安徽广东的、湖南湖北的、山西陕西的……地域不同，语言各异，为了一个共同的目标走到一起，一起战斗、生活、学习。他们同甘共苦，互相帮助；他们并肩作战，出生入死；他们建立了深厚的感情——战友情，这种深情犹如父子，胜似兄弟。

他们的到来，使死气沉沉的牛坪子充满了蓬勃生机，焕发出青春活力。

沸腾的青龙山

牛坪子南面有一座青龙山，5 营的任务就是在青龙山打通一条南北向的隧道。

青龙山，位于金沙江与雅砻江汇流处，突出的地理位置彰显出它的咽喉作用。隧道沿着雅砻江北上，南边面对金沙江，向西与雅砻江大桥相连可通往格里坪，它是攀钢的运输生命线，向东通过金江火车站直至昆明。

依山傍水的青龙山隧道长约 2000 米，地质结构十分复杂，地势险峻，大多为风化石，既能遇到泥石流，又会发生瓦斯爆炸，施工困难重重。同时，工程采用"边勘测、边设计、边施工"的建设方式，这给施工带来许多不确定因素，更加增大了难度。

在全营召开的动员大会上，魏东贵的话掷地有声："5 营有着光荣的传统和历史，我们要高效优质地打通青龙山隧道，报答各级领导对我们的期望和信任，绝不给'尖子营'抹黑。"指战员们异口同声："保证完成任务！"

魏东贵说的光荣历史，指的是修建贵昆线上最长的梅花山隧道，它被称为贵昆铁路的咽喉要道。隧道全长 3986 米，从海拔 2700 多米的梅花山腹中穿过，周围是雾气迷漫的乌蒙山，山高谷深，暗河交错，施工难度极大。5 营克服重重困难，圆满完成了这一任务，被誉为"尖子营"。在成昆铁路建设中，他们再一次接受了青龙山隧道这一咽喉工程。

"山高我敢攀，地厚我敢钻。"5 营指战员知难而进，再一次开始了"逢山凿路，遇水搭桥"的征程。每天早晨，当一轮红日升起的时候，一个编排的战士进入隧道，另一个编排的战士走出隧道，保证 24 小时工作不间断。

作业条件艰苦，施工任务繁重，每个编排工作必须完成一排炮的进度，且向内推进 1.8 米至 2 米。隧道内风枪钻、尘土扬，炸药响、装车忙，他们与灰尘相伴，与噪音共处。

"火车跑得快，全靠车头带。"魏东贵以身作则，深入一线，坚持和战士们一起战斗在隧道内，监督工程进度，了解质量情况，把握安全信息，遇到问题和困难现场解决。早出晚归的他，出门时孩子还没有起床，回到家里时孩子已进入梦乡，一个星期与孩子打不了照面是常事。

一天，魏东贵从隧道出来，看到正在不远处玩耍的女儿，便快步走过去。几天没有见到孩子，魏东贵既激动又高兴，一把把女儿抱在怀里。然而，女儿没有认出父亲，看到的只是一脸灰、一身尘的一个人，她被吓得大哭，全力挣脱后向家里跑去，抽泣着投入妈妈的怀抱。

见状，妻子权翠莲嘀咕道："孩子都不认识父亲了，以后你是不是可以在家多陪陪孩子？"言外之意，让魏东贵少进隧道，其实她是担心他发生意外。妻子的心事，魏东贵心知肚明。他向妻子解释道："每天几百名战士在隧道里，每一双眼睛都在看着我这个营长，我和他们的生命紧密相连，这是我的职责和任务。"权翠莲没有再说话，只有在心里默默地祝愿丈夫和战士们平平安安地度过每一天。

长期在隧道内工作，魏东贵患上了严重的矽肺病。他带着有病的身体，仍然坚持在第一线。

在魏东贵的带领下，5 营指战员发扬"险山恶水听调遣，英雄面前无困难"的大无畏精神，日复一日、年复一年战斗在施工现场。冬日凛冽，他们斗严寒保进度；夏日炎炎，他们战高温夺高产。经过努力拼搏，5 营指战员克服了一个又一个困难，隧道向前一米又一米掘进，终于保质保量按时贯通，为"三线建设"写下了浓墨重彩的一笔。

1970 年 7 月 1 日，是他们最幸福的一天。这一天，成昆铁路顺利通车。面对飞驰而过的列车，他们付出的劳动、流下的汗水、牺牲的生命，在这一刻得到了收获、认可和回报，铁骨铮铮的男子汉眼里闪烁着激动的泪花。

哭泣的金沙江

有一组数据令人心碎。据中国军政部统计，全长 1096 公里的成昆铁路线上，共牺牲了约 1340 名建设者，每一公里铁路线上就有一至两名铁道兵牺牲，平均每天有一名战士献出了自己宝贵而年轻的生命。他们的牺牲竖起了一座座丰碑，沿线留下了 20 余处烈士陵园。

今年 83 岁的毛志明，四川省广安市武胜县人，1955 年 12 月参军，曾任 7662 部队 5 营 21 连副连长。对他来说，1966 年 12 月 1 日是终生难忘、刻骨铭心的一天。

那天早晨，毛志明带领战友们，像往常一样进入青龙山隧道，开始一天的工作。

突然，他发现隧道内的土质有所松动，尘土有下落迹象，不仔细辨别很难发现，但毛志明立刻意识到问题的严重性——这是塌方的

毛志明讲述当年的情形

前兆。此时，战友们正在奋力工作，谁也不知道危险就在眼前。情况紧急，必须立即撤出隧道！

毛志明用尽全身力气，大声喊道："同志们，隧道内有危险，赶快离开，赶快跑出去。"在他身边的战士们听到声音后，立即停止了手中的工作，奋力向隧道口跑去。然而，由于正在施工，他虽然用尽全身力气高喊，稍远一点的战士还是无法听到，他们仍在忘我工作。

毛志明不顾个人安危，一边向里面跑去，一边继续大声喊："要塌方了，赶快撤离，赶快撤离。"随着他的高音迅速传递，所有的战士终于明白了自己身处险境，立即纷纷跑出隧道。瞬间，60多名战士安全撤离。

毛志明通知到最后一名战士——电工张金童后，两人以百米冲刺的速度向外奔跑。然而，随着一声巨响，隧道内顿时灰尘弥漫，泥土夹着石头滚落而下，击中了正在飞奔的毛志明和张金童，他俩双双倒下，掩埋在尘土泥石中。

消息很快传到营部。刚从团部参加会议返回的魏东贵第一时间赶到现场，迅速组织营救。

21连战士何明显不能接受这一现实，一边挖一边哭："毛连长、张金童，我们来救你们了，你们在哪里？"他用双手不停地挖，十个指头鲜血淋淋，仍不停止。

大家紧急施救，终于把毛志明和张金童从乱石和泥土中救出。他俩由于伤势过重，不省人事。张金童扑倒在地上，隧道内脱落的一颗抓钉正好钉在他的头上，鲜血直流，染红了大地，染红了军衣，他光荣牺牲了。这

在纪念碑前深切缅怀牺牲的战友

位来自湖南新晃的战士，把他的生命永远定格在18岁。

毛志明被立即送往会理陆军医院抢救，经过医护人员一年的治疗后痊愈。在成昆铁路建设中，5营先后有来自四川资中23岁的代进女、22岁的吕永富、21岁的朱志林和洪语芳，来自贵州织金23岁的王绍文，

来自广东饶平 24 岁的郑巨旺等 7 名战士光荣牺牲。

这些烈士被安葬在金沙江北岸三堆子烈士陵园。三堆子烈士陵园是 23 团为纪念在成昆铁路、渡口支线和攀枝花建设中牺牲的烈士而建，那里安葬着干部 2 名、战士 47 名、职工 8 名。

日夜奔腾的金沙江水为烈士哭泣，为铁道兵高歌。时间过去四十多年，每当提起这些往事，魏东贵记忆犹新，老泪纵横。为此，他和刘顺才、杨光明、付伦明、周才安、唐子文等战友一起到攀枝花英雄纪念碑前，献上写有"修建成昆铁路牺牲的战友安息 原铁道兵五师二十三团部分战友敬挽"的花篮，并庄严地三鞠躬，表达深深的缅怀之情。

历史记住他们，人民记住他们，共和国不会忘记他们。

火热的攀枝花

成昆铁路通车后，魏东贵奔赴新疆参加南疆铁路建设。

1979 年，魏东贵从部队转业到地方，当时面临两个选择，一是回故乡山西太原，一是返回四川攀枝花。他毫不犹豫地选择了后者，又一次踏上这片热土，为攀枝花的建设贡献力量。

魏东贵说："攀枝花是我的第二故乡，这里承载着我的梦想，这里有我生死与共的战友。"他继续在攀枝花工作了 12 年，直到 1991 年 3 月离休。

魏东贵不仅自己热爱攀枝花，还教育引导子孙扎根攀枝花。时间到了 21 世纪，魏东贵的孙子辈也陆续参加工作，由于受他的影响，无一例外全部选择在攀枝花工作，实现了他"献了青春献终生，献了终生献子孙"的愿望。

情系大三线

沈国凡

劈开横断山

2017 年 11 月 27 日黎明。

成都平原浓雾迷漫，我和妻子乘坐的长途汽车闪着雪亮的车灯，穿过湿漉漉的街道，一路向西奔去。在夜幕降临时，我们回到了曾经为之献出青春的中国"大三线"钢都——这里早已不称"信箱"，也不再叫"渡口"，改成了攀枝花——全国唯一一座以花命名的地级市。

昔日，建设"大三线"的队伍乘解放牌卡车从成都出发，过雅安，翻越泥巴山和大凉山，整整开了五天五夜到达了攀枝花；成昆铁路通车后，翻山穿洞也需要整整 24 小时；现在高速公路穿山越岭，千里"三线"一日还，看着越来越近的那片热土，我不由得激动万分！

抵攀第二天，我乘公交车越过金沙江，直奔事先约定的攀钢向阳村离退休老同志活动室。张文远早已在屋子里等我了，我们紧紧地拥抱在一起。

当年的"文艺青年"张文远老了，那张圆润丰满的脸庞，已被岁月的风霜侵蚀得粗糙而松弛，但是，我仍然感觉到这位老铁道兵战士拥抱的手臂，还是那么有力。他说："我退休后想出去旅游，看看祖国的大好河山，但老伴瘫了，在床上不能动，我得侍候。"

我问："怎么搞的，以前不是很好的吗？"

163

张文运说："以前住席棚子，地上潮湿，得了风湿，年轻时可以扛一下，现在老了，病就来了，扛不住了，她现在是一步都不能离开我。"

我说："真没想到啊！"

张文远乐观地笑着说："不过我现在生活得很踏实，这里的一砖一瓦，都留着我们当年的青春……"

1964年11月12日，张文远在老家四川南部县应征入伍。他那年19岁，问招兵的首长，铁道兵到底是干什么的？首长对他说，到"大三线"去修铁路。这铁路怎么修，他不知道，因为他的家乡还没有铁路。

张文远和新兵们坐上接兵的解放牌"敞篷汽车"，经绵阳、成都、内江、泸州，然后开始钻山进洞，进入云贵高原的莽莽群山，一直开到云南楚雄彝族自治州的南华县委大院，花了整整九天九夜。山路崎岖，悬崖叠嶂，雾雨重重，一路险象环生，虽是初冬时节，很多新兵都惊得浑身冒汗。

南华县位于云贵高原中部，处于川滇交通要道，素有"九府通衢"的美誉，是茶马古道上的商贸重镇，历来商贾云集、商贸繁荣，未来的成昆铁路将从这里经过。

3个月的新兵集训主要是形势教育：美军侵略越南直接威胁中国南疆的安全，要"御敌于国门之外"，必须加快"大三线"建设，而修建成昆铁路对"大三线"建设的意义重大。集训结束，张文远被分在铁道兵的一个连队，这个连队驻在远离县城的密苴桥，任务是在两座大山之间架一座铁路桥。从县城到连队驻地蛮荒一片，只有一条刚修的便道，如蛇盘绕在一座座云蒸雾绕的山峦上。新兵们跟着带队的老兵，在荆棘丛生的小路上走了一天半才来到前线的施工连队。

张文远没有想到，铁道兵的待遇高于野战兵，野战兵每人每月40元伙食费，铁道兵每人每月43元，后来又涨到47元。云南大米很适合四川人的胃口，饭吃饱了，浑身都是力气，加之每月还有6元钱的津贴，除了买牙膏等日常用品之外，可以省下两元钱邮回家中补贴家用，他感到既兴奋又满足。

"一颗红星头上戴，革命红旗挂两边"，那是一个崇尚军人、人人争穿军装的时代。和平时代的铁道兵，同样面临着生死的考验。

指导员李通胜见张文远有文艺特长，字也写得不错，便让他在工地上做宣传工作。那些战友瞬间倒下的悲壮场景，张文远至今未能忘怀。

那是个风云动荡的年代，年轻的共和国刚刚走出困境，又面临反华浪潮的重重包围。为了配合"大三线"钢铁工业基地的建设，确保部分国防工厂的设备进入川滇，修路迫在眉睫。中央甚至下了没有铁轨就把沿海铁路上的铁轨拆下来支援的决心，调遣铁道兵和铁路局的职工，以大决战的姿态修建成昆铁路。

1964 年 9 月，扩编后的铁道兵 5 个师共 18 万官兵接到命令，迅速集结到西南"大三线"，与成都铁路局的 10 万职工以及附近各县的数万民工，组成总计 40 万人的筑路大军，投入成昆铁路建设。消息传到国外，洋专家们纷纷摇头，嘲笑"中国人简直是疯了"。

关于成昆铁路的建设，自辛亥革命以来，从孙中山开始各主政当局均进行过无数次的规划和论证，也曾多次邀请外国专家进行考证。洋专家们一致认为，成都至昆明一线山高水险，地质构造复杂，可称作"地质博物馆"。在这样的地质环境下修建铁路，世界铁路史上没有先例。

面对当时的国际形势，中国人没有别的选择，决心破釜沉舟，万众抗敌。誓用民族之巨手，劈开横断山脉；用中华之脊梁，架铁道于云天。张文远所在的铁道兵第八师，与铁道兵第五师、铁道兵第七师所负责的桐子林、拉鲊、禄丰、一平浪直到昆明一线，是全程地质情况较为复杂的地段。

他刚到连队，就遇到了惊心动魄的一幕。

那天黎明，他随指导员来到工地，就被这浩大的施工场面惊住了。

无数铁道兵战士如天外来客，身系绳索于万丈悬崖之上，鹰翔脚底，伸手摘云，黄灿灿的日头从峡谷的缝隙间挤进来，将有限的温暖之光洒在他们浸着黎明露水的军装上。铁锤和风镐撞击岩石的声音震得人两耳发麻。几声炮响，山鸣谷应，飞石凌空，惊得酣睡的山鹰齐刷刷地飞向天空。指导员用手指着沸腾的工地说："这真是如火如荼。"

张文远第一次听到这个成语，回去查了字典才明白它的意思。

连接两座大山之间的桥梁正在立柱。好高好高的一根擎天柱啊，从山谷的谷底仰头看去，连安全帽都会掉在地上。施工的新战士攀着攀着，不由两腿打战，老兵就会在上面高声鼓励："加油，向登高英雄杨连弟学习。"杨连弟是位登高英雄，他带领战友们在敌机的轰炸下多次完成铁路线的抢修任务，他的精神鼓舞着几代铁道兵将士。那时，杨连弟连就在附近的铁道兵第七师。

这天 11 点钟，正在安装的铁路桥面合龙时中间出现了十厘米的缝隙。有人说，十厘米，小意思，不会影响行车。连长知道后把他们狠狠地骂了一通，就带着张文远一起去桥梁工地，决定重新安装。

负责指挥安装的战士姓朱，四川阆中人。在他的哨声指挥下，重达 130 吨的葫芦吊将一根沉甸甸的钢轨吊起，徐徐地转向桥面。就在这时，山谷里突然起了一阵狂风，葫芦吊还未转过方向，那根钢轨被桥梁顶了一下，直直地向着指挥者撞来……这是张文远第一次看到战友牺牲。

附近 5 营负责的一根桥梁立柱，密密麻麻的钢筋都已经扎好，战士们在搭成的临时跳板上来回向柱子里浇灌混凝土。脚下是万丈悬崖，木板在空中来回晃动，稍有不慎，便会出现事故。

突然，一个倒混凝土的小战士脚下一滑，如同飞人一样从"跳板"上跌下去，整个身子扑倒在钢筋林立的桥柱上，尖利的钢筋穿透了他的身体。几只苍鹰从远方的天空扑来，悲壮的山风在沸腾的峰峦间回旋，警戒战士的枪声回荡在深深的峡谷中……

号称"地质博物馆"的川滇高原，河流纵横、山脉连绵、植被各异，地质状况十分复杂，气候变化无常，给施工队伍带来了巨大的困难，各种意想不到的险情不断发生，这些和平年代的将士们，随时都经受着生死考验。

不断地出现险情，不断地有牺牲，金沙江河谷热浪飞升，如同蒸笼，工地上终日尘土飞扬，战士们汗流浃背。任务分班包干，每天下来，战士们全身都被粉尘包裹，只有两只眼睛还有"生命迹象"。跟张文远一同参军的一位亲戚家的弟弟，跑来对他说："哥呀，我实在吃不消了，我想……"

张文远呵斥道："兄弟，人还是要有点精神的！你看工地上那些小战士，个子没你高，身子没你壮，一个个从不畏惧，冲锋在前，你这个样子哪像个战士？"

张文远的话掷地有声。从此，这位兄弟焕发精神，冲锋在前，处处争先，多次受到表扬，后来被部队推荐为工农兵大学生，毕业后分配在北京某地铁公司工作，后来担任了公司的机动科长。

回忆铁道兵的生涯，张文远感叹地说："讲起这些，现在的年轻人都说我们太傻。他们忘记了，要是没有我们这些'傻子'，他们今天能够乘着成昆铁路的列车走出大山，到昆明、成都以及全国各地去旅游吗？中国的大西南能有这么一座花一样美丽的城市吗？"

英雄交响曲

2017 年 12 月 6 日晚。

绿皮火车经过普雄，太阳便坠到了西边的山峦，天色随之暗了下来。相邻几个床位上的乘客均已入睡，不时有畅快的鼾声响起。我却毫无睡意，独坐窗前，看着剪影一样的山色，心中涌动着无法平静的激浪。

车过成昆线，今夜我无眠，吹进车窗里来的阵阵山风，仿佛在向我诉说着那些难忘的岁月，这条创造了奇迹的铁路，究竟还有着多少秘密呢？

一位大学生模样的青年走过来看看我说："叔叔，你怎么还不睡呀？"

我说："不想睡，看看山。"

他摇着头说："你是从平原地区来的人吧，这山有什么好看的？"

我朝他笑了笑。也许，他生下来就开始坐这条路上的火车了，但他知道这条铁路是怎么来的吗？

成昆铁路穿越地质大断裂带，沿线山势陡峭、奇峰耸立、深涧密布、沟壑纵横，地形和地质极为复杂，谷深坡陡，河流峡谷两岸分布着数百米高的陡岩峭壁，不良地质现象不仅种类繁多而且数量很大，火车在这"地质博物馆"里行驶，如蟒蛇出洞，巨龙绕山。一会儿上坡，一会儿下坡，刚从一座桥梁的下面绕行，又从同一座桥梁的上面经过；刚在这座山的山巅绕着白云"飞翔"，观山鹰陡崖展翅，一会儿又降到另一座山的谷底飞驰，听江河奔腾的滚滚涛声；一会儿山穷水尽，一会儿柳暗花明，峰回路转，曲曲折折，如同乘"过山车"，缓慢而又过瘾。这正是我现在所需要的，我想多看几眼，将这些山水都"读"入脑海，"写"进灵魂。

成昆铁路建成后，北衔宝成、成渝铁路，南挽贵昆铁路，是我国铁路网中的重要干线，对于改善西南地区的交通状况，密切西南边疆与内地的联系，建立机动灵活的战略大后方，促进西南地区的经济发展和巩固国防起着举足轻重的作用。成昆铁路以其艰巨宏伟的工程，全新的设计施工和建筑艺术，创造了举世辉煌的业绩。有17项新技术、新工艺达到或超过国际水平。

我的车窗前又出现一座烈士陵园。

在成昆铁路的列车上，陌生的旅客们交谈得最多的就是那些烈士墓，与这些烈士相连的是那一个个令人难忘的故事。

远山朦胧，雾岚徐徐，炊烟袅袅，夜幕四合，落山的夕阳将最后一抹金色的光焰浇铸在碑柱的尖顶，暮色中的群山因它而熠熠生辉。这梦幻般的景色中，我仿佛看见一个年轻的女子，身穿白色素装，脚踩青青山路，向着这片墓地徐徐走来。

一位难眠的乘客，讲了一个难忘的故事。

1964 年 11 月 12 日，四川南部县参军的人群中，有一个青年名叫姚文秀，他牺牲的时候女儿只有半岁。女儿对于父亲的印象来自一张他穿军装的照片。她总是不停地问："爸爸究竟到哪里去了呢？"除

了民政局每月给她 6 元钱，后来涨到每月 10 元的抚恤金外，无人能回答这个孤苦的孩子提出的问题。她长大后，才知道父亲是修筑成昆铁路牺牲的烈士。他是怎么牺牲的？他有墓吗？如果有的话又在哪里呢？这个无法解开的谜，令女儿肝肠寸断。每年清明节，她只能面朝成昆铁路的方向，为牺牲的父亲送去深深的思念。

她决定去寻找父亲的墓地。

可是，千里成昆线上，有着两百多个规模不等的烈士陵园，大都建在陡峭的山崖上，一个孤独的女子，上哪里去寻先父的忠魂？后来，

她终于找到一封四十多年前父亲从部队寄回家的信。可是，跟当年"大三线"寄出的所有信件一样，信封上只有部队番号，没有具体地址。她仍不死心，反复翻看后终于发现邮戳上隐隐约约地印着"云南禄丰"四个字。

通过多方努力，最后在当地民政部门的帮助下，她终于查实在当地的成昆铁路铁道兵甸尾烈士陵园里，安葬着一位名叫姚文秀的烈士。他的名字印在当地的烈士名册上。其英雄事迹是：1966年7月，成昆铁路禄丰段的一个工地上山洪爆发，大水卷走了很多木料，为了保护国家财产，姚文秀奋不顾身地与洪水搏斗，不幸在保护木料时被洪水冲走。一个星期后，战友们在退水后的河道里找到了他的遗体。

这一年，烈士23岁。

成昆铁路铁道兵甸尾烈士陵园共安葬了44位烈士。

姚文秀烈士，整整44年啊，你的女儿终于找到了你。你站起来，站起来看一眼吧！夕阳下，山路上，有个穿着素色衣服的女子，手捧

着一束鲜艳的山花正朝你走来，她就是你的女儿，她看你来啦……

绿皮列车仍然在缓缓地上山。

我一动不动地坐着，看着窗外黑黝黝的群山和昏暗的灯光，仿佛

觉得一座座烈士陵园里，那些倒下的战士复活了，他们列队站在夜幕下，目送着隆隆的列车从身边奔向远方。听着铁轨有节奏的声音，犹如触摸到他们温暖的体肤和圣洁的灵魂，听到无数不屈的生命仍然在高唱着那支气壮山河的战歌："背上了（那个）行装扛起了（那个）枪，雄壮的（那个）队伍浩浩荡荡……"

有人说参战的铁道兵部队，几乎每一个团都有一座烈士陵园。也有人说，几乎每一个小站旁都有一座烈士墓。仅穿越云南省的339.6公里的铁道线上，就建有10座烈士陵园。永仁烈士陵园是这段铁路中最大的烈士陵园，安葬了李永增等140名烈士。位于元谋火车站东700米的横山梁子的能禹烈士陵园，建于1969年，安葬修筑成昆铁路牺牲的铁道兵8708部队烈士69名，其中党员17名，团员22名，连长1名，烈士中最大年龄58岁，最小年龄18岁。

除了这些大陵园之外，还有一些默默无闻的小陵园，姚文秀烈士的牺牲地禄丰，成昆铁路经过其境内仅150公里，牺牲330名铁道兵，留下黑井、甸尾、大旧庄、一平浪、禄丰和羊街共6座烈士陵园。

一位铁道兵老战士是这样回忆当时的情形的："修铁路比修公路难度更大。尤其是当时技术落后，机械化程度低，安全保障措施少，用的是大锤钢钎、铁锹大镐、风钻矿车等简陋工具。在地质构造十分复杂的地区打隧道、架桥梁，经常遇到塌方、透水、滑坡、泥石流等险情。指战员们付出了常人难以想象的辛苦和牺牲。一次山洞发生塌方，几个战士不幸被埋，营里立即组织救援，但是塌方越来越严重，山洞上方不断有泥沙和石块落下来，上去救人的战士也被淹没了……那次塌方牺牲了18名战士。……我们这些幸存者，每当想起牺牲的战友都是泪水涟涟。"

成昆铁路险峻、陡峭，却坚实、顽强不屈地挺立在山高水险的大西南。在这里，英烈们用生命在与我们对话，用他们的身躯告诉我们什么是大写的"人"，什么是民族的灵魂，什么是国家的脊梁！成昆铁路是在那个特殊的岁月里，由一支部队将士和铁路职工共同组成的特殊队伍，用青春和热血、用理想和信念、用精神和意志在大西南的险山恶水中建起的一座钢铁长城。虽然那些年轻的面孔已经模糊在岁月的烟尘里，可正是他们用自己的血和肉，铸就了中华民族钢铁般坚实的脊梁。

春天又来到了"大三线"。

大雁南归，山峦披彩，明月松间照，清泉石上流，巍峨群山中的成昆铁路沿线，一座座烈士墓前，松柏苍翠，墓草青青，风轻轻地吹着，将一个个遥远而感人的故事，讲给阳光，讲给风雨，讲给正在盛开的山花……

不要忘记他们，中国"大三线"的崇山峻岭中，长眠着数千个这样的灵魂啊！

他们眼中的成昆铁路

张亮

我的岳父去攀煤工作之前参加了修建成昆铁路的民工队，参加修建的是广安市的那一路段。他说他曾想跟着一个战士爬上 50 米高的桥墩去帮忙，还没爬到一半，就被部队的领导看见了，领导赶紧喊："那个小伙子，你爬那么高干什么，快下来！"

岳父属于不大会言辞的类型，但他告诉我的这个小插曲，我觉得特别有意义。那就是我们的部队，敢打硬仗的作风没有变，和群众的鱼水真情没有变，有危险都是他们冲在最前面。千里成昆线，以西昌为界，施工条件最艰巨的南段集中了铁道兵的第一师、第五师、第七师、第八师、第十师共 5 个精锐之师，北段集中了素有"铁骑"美称的铁道部第二工程局 16 万名干部职工，加上民工队伍，大约 40 万人。

北京交通大学运输经济专业 1965 级学生穆可法于 1966 年 5 月，在学校的组织下，与一群同学去云南禄丰参加修建成昆铁路的劳动。他后来回忆了参与修建成昆铁路棠海车站的这段经历。

他们和战士们住在帐篷里。帐篷架在干打垒墙上，里面是双层大通铺。学生们花花绿绿的被子夹杂在战士的军用被子中间，万绿丛中几处红。

在那个军挎包都是时髦品的年代，他们每人领到了一套梦寐以求的旧军装，没有帽徽领章也开心得要死。

要修建棠海车站的位置在一座山包，他们首先要将这座山包推平。

经过工程师计算，在山体上选定了几十个爆破点，这些爆破点用白灰画上直径约 1.5 米的圆圈做记号。穆可法所在连队的任务是在每个圆圈内一次打 7~8 个炮眼，然后一次次地放炮取石，使每个爆破点像一口不断加深的井，最终达到要求的深度，最后再放大炮，疏松整个山体。

铁道兵毕竟是专业部队，面对这样炸山放炮的事情还是很慎重。

这些学生开始只能帮着扶钢钎，后来看多了，男同学很快也都能抡大锤、下炸药、安雷管、点导火索了。打炮眼的工具也变好了，开始是抡锤打炮眼，后来用风镐钻炮眼。

穆可法详细讲述了点导火索的环节："点导火索很有趣。独自一人下到两米深的井下，面对 8 个炮，先把一根根导火索的药剥出来，点上香头，静静地等待连长的命令。哨声一响，连长命令点火。先用香火点着一根导火索，再拿着呲火冒烟的导火索，用它呲出的火花再点下 1 根，逐一把 8 根导火索全部点着。在数根导火索同时吱吱作响、硝烟弥漫的情况下，千万不能惊慌失措，必须按部就班，因为漏掉后处理哑炮比较危险。点完后往井口爬时，也要抓紧踩牢，避免井壁坍塌。爬上地面后，赶紧跑到 500 米以外的安全地带。等所有炮都响过后，下井把炸碎的土石清理到地面，再继续往下打新一轮炮眼。"

紧张的工作之余，师里或团里每隔一两周都要派放映员来工地放映电影。几个营的官兵都来看坝坝电影。每人一个小板凳，起立、坐下都是按口令"唰"的一声一起动作。

给穆可法留下最深印象的不是电影，反倒是电影放映前，营和营之间拉歌。拉歌前是需要预热的，有的拉歌词是："叫你来，你就来，扭扭捏捏的像小孩！"兄弟部队唱完后，其他部队的鼓掌声也是整齐划一："啪啪啪，啪啪啪，啪啪啪啪啪啪啪，啪啪啪！"

战士们唱得最多的就是《铁道兵志在四方》。只要有连队一起头，马上就成了在场官兵的大合唱，几个方阵一齐指挥，豪迈的歌声激荡着黄昏中的山峦：

> 背上了那个行装
>
> 扛起那个枪
>
> 雄壮的那个队伍
>
> 浩浩荡荡
>
> 同志呀你要问
>
> 我们哪里去呀
>
> 我们要到祖国
>
> 最需要的地方
>
> ……

和穆可法以学生身份参加成昆铁路修建不同，如今住在攀枝花东区的张传胜老人，是在1966年12月铁道兵部队修成昆铁路招工时被招上的。

他们全乡90多个民工到乡政府集中，计划1966年12月20日出发，很多当地老乡看见他们背着草垫、棉被，又有军人跟着，都说他们是"劳改犯"。第二天他们坐上部队的解放牌货车，人货一起上车，一辆车坐50~60人，非常挤，当天就赶到成都军分区招待所。招待所的伙食不错，吃的是干饭，还有炒菜汤，汤里的油也挺多。大家都感到非常幸福，有的同志看到汤里油水大，多喝了一碗，没想到还拉了肚子。

1966 年冬天的攀枝花，太阳当空照，气候很干燥，很多民工到了就流鼻血。他们住在 30 平方米的帐篷里，60 多号人睡上下床。刚到攀枝花时，张传胜心里是失落的，他原以为当工人是像小学课本上的工人们一样开机床，没想到是与石头、水泥、砂浆打交道，比当农民还辛苦。民工们干起活来也是你追我赶，都怕落后，平均每天干苦活、重活都超过 10 个小时。

我最感兴趣的是张传胜谈到他们在修成昆铁路时动用的智慧。重型机械要抬上山，但没有路，他们运用了一种被张传胜称作"牛杠"的方法。工具还是原始的扁担，但经过合理分配，让上吨的重物平均分配到多人肩上。这样，四牛、六牛、八牛、十二牛、十六牛……相继出现。

他们还发明了"土吊车"。埋一根长杆直立在地上，在长杆上端用绳子固定一根横杆。横杆前端距离固定点的位置 1 米左右，后端距离固定点 4~5 米，再分别系上绳子。绳子放长时，横杆前端的绳子上吊砂浆石头或其他材料，后端的绳子有人拉。碰到更重的，那就安装上滑轮。绳子也换成钢丝绳，钢丝绳前面系上挂钩。三五人一组，就能将几百公斤的沙石等材料拉到工作区。高手在民间，说得一点儿没错。

访谈时，张传胜说他曾听说在修建成昆铁路某隧道时挖到暗河，一名战士用身体堵住暗河口，喊战友们快跑。河水气势汹汹而来，为了抢救这名战士，一个个战友纷纷往水里跳，又有多名战士被河水冲走。排长看到这种情况，就下命令——不准再跳了，这才避免了更多的牺牲……

我也知道一个类似的事故，是原铁道兵一师 2 团政治处干事王德明曾经讲过的，在一次隧道施工中，隧道的下面出现了地陷，上面又不断塌方，陷下去的人被掩埋了。其他人来不及多想，第一反应就是冲下去救人。塌方和陷落还在继续，下去救人的战士非但没能救起战友，自己也被陷在里面。一批一批战士下去救人，一批一批战士被陷进去。面对这样的灾难，闻讯赶来的营长拉住了还要往前冲的战士……

当年那些奋勇冲锋的战士如今躺在了烈士陵园里。除了少数几处烈士陵园，大多数烈士陵园修建在人迹罕至的地方。我去的几个都是较大规模的陵园，一处是攀枝花市仁和区的同德烈士陵园，这里长眠着 84 位铁道兵战士。同德烈士陵园内，一座纪念碑在一片松柏林之间挺身而出，那些墓穴 10 个一队紧紧挨着。还有一处是攀枝花市米易县烈士陵园，这里长眠着 252 名烈士，其中铁道兵战士 204 名。陵园内的纪念碑上镌刻着毛泽东同志的题词："人民英雄永垂不朽。"纪念碑前是个比较开阔的广场。烈士们长眠于一级又一级的山坡之上。每位烈士有一个梯形的坟茔。米易县人民政府在 1998 年 5 月将部分分散各地的烈士墓迁建至此。龙德志、窦友模、梅开寿、崔茂根、张卫烈等烈士成了邻居。

我不知道他们喜不喜欢阴天，阴天宜理发，散落的发丝配合着四处被风过来的落叶飞舞着；也宜发呆，尤其是看着那些写着"无名英雄之墓"的墓碑，从成昆铁路的这头想到那头，都想不明白，他们怎么就没有名字留下来？

那些人迹罕至的铁道兵烈士坟墓群，我暂时还不敢去，我怕看见那些漫山遍野的野草，它们让烈士的坟墓不像是坟墓。

光耀史册的成昆"神话"

——记成昆铁路通车 50 周年

黄昱程

成昆铁路，北起四川省省会成都市，南迄云南省省会昆明市，全长一千多公里。在成昆铁路勘察设计初期，苏联专家曾断言大小凉山地区是修筑铁路的禁区。如今成昆铁路是世界公认的人类建设史上的"神话"。

50 年光阴荏苒，成昆铁路沿线一座座拔地而起的城市、一个个汉彝人民奔小康的故事，向历史献上了一份沉甸甸的答卷。也希望历史记住，成昆铁路的修建是一种敢为天下先的民族气魄，人类空前绝后的一搏！

蜀道难，难于上青天

成昆铁路全线有一千多公里，地形极为复杂，谷深坡陡，河流峡谷两岸分布着数百米高的陡岩峭壁。铁路全线有 500 多公里位于地震烈度 7 至 9 度的地区，其中通过 8 度至 9 度地震区的线路有 200 公里。铁路沿线不良地质现象不仅种类繁多，而且数量很大，较大的滑坡有 183 处、危岩落石近 500 处、泥石流沟 249 条、崩塌 100 多处、岩堆 200 多处。面对如此恶劣的地质条件，有人称其为"修路禁区"。

而一条从四川到云南的铁路，于 1970 年 7 月 1 日建成通车，这就是成昆铁路。

走在成昆线上，远望群山，光阴寂静，汽笛声声。蜀道难，难于上青天，我作为一名在成昆线上运行过捣固车的司机对这句话深有体会。当年修筑成昆线的先辈们喊着"快马加鞭修成昆，一天赛过二十年，半年修到峨眉，一年会师西昌！""天不怕地不怕，千难万险脚下踏。坚决修通成昆线，革命到底不回家！"等口号在山呼海啸的狂潮中，如火如荼地创造了这一奇迹。作为一名捣固车司机，驾驶捣固车运行在成昆线上总会想起那些修筑成昆铁路的先辈们，想到他们夜以继日、挥汗如雨地奋战在悬崖峭壁上凿洞架桥；想到他们肩扛一根根沉重的枕木，背着一筐筐刚运来的石渣爬向那大山的脊梁；想到他们咬紧牙关，肩负着人民的期待和希望，一步一步迈向让世人瞩目、让世界震惊的辉煌，想到这些我不禁肃然起敬。

成昆复线的"逆行"者

记得我看了一篇讲述成昆复线施工的文章，文章里一位叫李恒的"90后"工人说："有些事总要有人去完成，大家都不愿逆行，这个国家会好吗？"我觉得李恒这句掏心窝子的话，是成昆精神最真挚、最朴实的体现。文章里还有很多像李恒一样的"90后"，他们是成昆复线建设者，文章里他们话不多，精神却与大时代相连。他们与其他向往城市的年轻人不同，他们在"逆行"，他们选择远离城市中的车马喧嚣、灯红酒绿，承载凉山百姓的期待与向往。铁路的建设维护，需要的是铁路人每天 24 小时的守候，为这群"逆行"者点赞，为铁路人叫好！

这个时代需要一种初心，当每个人面临抉择时，初心镌刻心里，使命时时牢记。面对各种困难，铁路人都能不惧艰难险阻、不怕流血牺牲、前赴后继、化险为夷，这就是铁路人的初心。一代代的铁路人以大无畏的英雄气概，用智慧、力量与血肉之躯，去建设维护成昆铁路，让其安全畅通。

悠悠几十载，成昆精神永传承

从某种意义上说，成昆铁路不止是一条路了，它更是一种精神。它穿越地质断裂带，它穿越地震区，设计难度之大、工程之艰巨、施工之复杂，均前所未有，但它依然被建成。在无数铁道兵和铁路职工的奋力拼搏下，建成了成昆铁路，谱写了成昆精神。

50年过去了，成昆铁路依然畅通无阻，50年过去了，成昆人的面貌依然神采飞扬。那些经历了50年风风雨雨的桥梁仍然像脊梁一样挺立在天空下；那运行了50年的钢轨仍然银光闪烁；那些前赴后继守护着成昆铁路让其永保畅通的成昆人，都在向外界描述成昆精神。如果有幸见过，你就会明白，为什么世人把成昆铁路称之为人类征服大自然的奇迹；你就会明白为什么先辈们的成昆精神世代相传，永驻常青；你就会明白为什么成昆精神和成昆铁路一样令世界瞩目。

在铁路跨越式发展的浪潮中，作为一名铁路人，我知道，我仍然是一个兵，一个铁道中微不足道的镙丝钉。但，作为年轻的一代，我们要利用这美好的时光和机遇，抓紧时间充实自己的智慧和才华，为铁路跨越式发展做出我们更大的贡献。"金江的太阳马道的风，燕岗打雷如炮轰，普雄下雨如过冬，险山恶水听调遣，英雄面前无难关。"

赞歌

静静地坐在靠窗的位置，阳光在窗外猜想，列车心里一定装着疼痛，留下呜呼的哭声跨过大桥。

成昆铁路　此情可待

袁豆

一

又是阳光明媚的五月，又是凤凰花绽放的日子，我在阳光下，一遍又一遍轻轻吟唱你的名字，一次又一次把你留下的痕迹翻开。

一个人，在阳光下，沿着你留下的足迹，悄然走进你的怀抱。我不知道你能否看见我心里为你敲下的文字，在铁轨延伸的远方，在金沙江蜿蜒流过的村庄，我茂盛生长的文字，响彻天空。

耀眼的阳光下，我站在铁轨上，心里疼得流泪。

或许，我不是最后那个来看你的人。我断断续续的文字，从你的延伸处一点点滑落，落入盛开的花朵里，成了你最后的倾听者。

二

或许，你的名字，成昆铁路，攀枝花段，成了我以后的日子里无法抵达的奢望。

181

或许，你的名字，成昆铁路，攀枝花段，成了我梦里的呼唤。

记忆深处，你的名字，似川流不息的金沙江，清澈与明净照亮沿线山村，照亮山村乡亲赶火车的脚步。

记忆深处，你的名字叫成昆线，你是沿线山村滚动的血脉，在一碧如洗的天空下，热情豪放地奔驰。

在阴雨绵绵的日子里，你柔情似水，给乡亲透骨的亲切，你的离去，让我彻夜难眠。

记忆里的你是伴我前行的一盏灯，温暖明亮，照亮以后的路。

三

一次次地问自己，最后一次行走成昆线，心情还好吗？

迤资、上格达、下格达、鱼洞，这些名字一次次在心里响起。于是，我看见奔腾的江水，在呼喊中泪水长流。

鱼洞的道班小院，一株三角梅开得热烈，墙上的标语还在：不负青春理想，征服这个世界。很好的标语，在岁月里如期而至。

站台旁，来看你的乡亲翘首以待，迤资的茉莉花还在盛开，从不远处轻轻飘来的花香，覆盖着延伸的轨道，如一幅诗意满满的画卷。

汽笛声响起，辽阔的凄凉让这个五月更加悲伤。

50年，我们迎来秋，送走冬。万水千山之间，纵有狂风肆虐，你依然是攀西峡谷里奔腾的希望。

50年，我们迎来春，走过夏，你把山谷沟壑描绘成万紫千红的模样，从此荒寂的人间，有了生生不息的烟火。

四

此刻，你问我为什么要来，我也不知道，似乎从出生那年，就与一个名字有了关联。

1970 年 7 月 1 日，成昆铁路全线贯通通车，这一天，我在母亲的肚子里，在敲锣打鼓的欢腾里，听到了铁道兵父亲哭泣的声音。

一片随风飘落的树叶，与往常一样，落在了父亲的肩膀上，父亲知道，这是牺牲的战友，在另一个世界送来的贺礼。

树叶在肩膀翩翩舞蹈，与喧腾的锣鼓声一起狂欢，在艰苦与奉献之间，千年屹立。

今天，平常的日子。行驶的列车，静静地停靠，很想很想在你哐当的声音里，呼呼大睡。

五

从来没有像今天这样，从一个小站到另一个小站，寻找着站台的标牌。想在夏天的阳光里，微笑着与你站在一起。

一棵棵行走的英雄树，举着夏天的色彩，目送着远离的列车，摇曳的树枝伸向远方。

抓不住的你渐渐离去。

是谁，带着不舍仰望高山，高山静止，呼唤江水，江水哗啦啦流淌，陪伴一生的绿皮火车，你去了哪里？

拉鲊、花棚子、师庄，一站站远离，路的尽头是你的归宿吗？三代人的记忆，此刻消失在远方，一个个小站的凝望，在江岸边站成一路俊美，守护着 50 年的辉煌。

六

静静地坐在靠窗的位置，阳光在窗外猜想，列车心里一定装着疼痛，留下呜呼的哭声跨过大桥。

穿进山洞，你走过的地方，你在，我在，岁月在。

战成昆

历史是不能忘记的

——纪念即将淹没的老成昆铁路花棚子至元谋段

因乌东德电站建成后，库区水将淹没攀枝花境内的花棚子站至云南境内的元谋站之间几十公里的成昆铁路，2020 年 5 月 25 日攀枝花至昆明段成昆铁路将停止运营。

成昆铁路：成都—金江属于成都铁路局管理；金江—昆明属于昆明铁路局管理。

金江—迤资—拉鲊—花棚子三十多公里都在水位线以上，与成都至金江相连。花棚子—元谋段几十公里铁路将被乌东德电站的水库淹没。

元谋—昆明段继续保留，以后称为元昆铁路。

昆明铁路局将拆除金江—元谋段铁路，其中攀枝花境内有四十多公里铁路将被拆除，但是，在攀枝花境内的这 40 公里路段中，前进至红光段有三十多公里是在水位线以上的。昆明铁路局方面要拆除，攀枝花文化遗产保护部门希望能够保留。

成昆铁路拉鲊至花棚子段即将停运，2020 年 5 月 12 日，成昆铁路公司组织工人准备拆除此段铁路的相关设施，大龙潭乡群众已及时劝阻，并向仁和区政府报告。经攀枝花市文物保护部门与施工单位协商，目前，施工单位同意暂停，等待攀枝花市与昆明铁路局交涉。

成昆铁路是三线建设精神的历史见证，也是珍贵的文化遗产。为了更好地保护三线文化遗产，传承三线精神，结合四川省委关于"推动安宁河流域和金沙江沿岸农文旅融合发展，建设阳光生态经济走廊"的决定，2019 年攀枝花市仁和区拟将此段铁路所经区域建设为成昆铁路博物馆，依托这一文化遗产打造拉鲊至金江 AAAA 景区，目前正在委托规划单位进行项目概念化规划，如果这段铁路拆除，这个项目将失去物质基础。攀枝花市有关人士紧急建议：由市政府出面协调成昆铁路公司，保留成昆铁路拉鲊至花棚子段铁路设施，传承三线文化，弘扬三线精神，促进农文旅融合发展。

拉鲊，地处四川省攀枝花市，与四川省凉山州会理县隔江相望，也是当年诸葛亮"五月渡泸，深入不毛"的古渡口。

成昆铁路自攀枝花境内的三堆子起，与金沙江已经伴行了约 30 公里，位于攀枝花—迤资区间内的局界口，是中国铁路成都局集团公司与昆明局集团公司管理的分界。

跨越金沙江上的会理鱼鲊大桥建成通车，周边工厂的物资得以汇聚到成昆线上的迤资、拉鲊站转为铁路运输，解决了自古以来两岸交通运输困难的问题。

在乌东德水电站全面下闸蓄水后，花棚子站及其以北的拉鲊、迤资车站得以幸存，将划归成都局西昌车务段管辖，成为攀枝花段延伸而出的支线。但考虑到花棚子站没有货运装卸作业，没有作为支线终点的必要，其可能面临荒废或撤销的命运。

花棚子站两端是前进和红光两座隧道，红光隧道的昆明端有铁道兵壁画，还有壁刻的毛泽东同志语录。

这条举全国

之力修筑的钢铁大动脉，沿线振奋人心的标语同样给人以强大的感染力。当年在长征精神的激励下，铁道兵战士凭借"为有牺牲多壮志，敢教日月换新天"的顽强毅力，创造出激励中国铁路建设数十年的"成昆精神"。三线建设，成昆铁路成为重中之重，半个世纪后的今天，这条铁路依旧震撼着世人，在涛涛的金沙水拍岸声里，长龙轰鸣，直抵心扉。

乌东德水电站的建设投产已经进入尾声，成昆线金沙江段也真正进入生命的倒计时，完全蓄水后，新江、师庄、大湾子、红江站便要浸没于浪涛。

在完全达到975米的蓄水水位前，铁路将先一步进行拆除，对沿线钢轨及桥梁钢架进行回收利用，而桥墩等设施为满足清库需求，将进行拆毁或爆破清除，成昆老线南段正式踏入"元昆线"的时代。

当年，这里是焦炽的烈日，是奔腾的金沙江水，是沿岸的泥沙顽石和矗立千丈的高山绝壁，飞鸟无栖处，过客无路行。将要淹没的这段铁路，应该是铁道兵一师修建。在铁道兵官兵们的努力下，两条银色的钢轨犹如血脉一般与祖国四面八方连通。难以计数的乘客无不为这巧夺天工的桥梁隧道称绝赞叹，数不清的物资为祖国的建设者们提供了保障。

这里的每截钢轨、每座桥墩、每根枕木、每个隧道，无不凝结着千万个铁道兵战士的汗水和美好青春，甚至浸染着许多战士沸腾的鲜血和年轻的生命……

如今，这段铁路将要被拆除，心里有多少不忍和感慨！

四十多公里的金沙江大峡谷是地理奇观，落差上千米，且有诸葛亮"五月渡泸，深入不毛"、让杨慎渡泸写下千古绝唱《临江仙》的古渡口，铁道兵艰苦卓绝的丰碑——成昆线等人文景观，值得一游，值得多次凭吊！

习近平总书记近日在山西考察时指出，历史文化遗产是不可再生、

不可替代的宝贵资源，要始终把保护放在第一位。

因此，保留成昆铁路拉鲊至花棚子段铁路设施，既是为了传承三线文化，弘扬三线精神，促进农文旅融合发展，也是为了山区百姓出行方便。这段三十多公里的铁路还是可以利用的，有经济价值的。它可以作为一条观光铁路线，也可以作为一条扶贫铁路线，还可以作为铁路公交车，铁路公交比重新修一条公路要省钱得多，要安全得多！

（转载自《女兵讲故事》2020 年）

"绿皮火车"记忆

陈加春

铁路 12306 网站刊登公告，中国铁路昆明局集团有限公司将调整昆明至攀枝花 6162/1 次运行区段，缩短为昆明至元谋西，车次改为 7466/5 次。自 2020 年 5 月 25 日起开行昆明—元谋西 7466/5 次列车。

简短的公告，却让我陷入回忆。许多往事在脑海里一幕幕闪过，总以为过去很远，看到公告才明白，怀念不及逝去，5 月 24 日的末班火车是一定要去坐一坐的。绿皮火车于我是远方，慢慢地行驶，一站站地停靠，每一段的旅程背后都承载着抹不去的情怀。

在候车大厅看到一位背着背篓的老人，坐在候车椅上一直用手抹着眼泪，是什么样的事情让老人如此伤心。我没有忍住，走到老人面前蹲下来，知道我也是来坐这趟列车的，老人与我说起了这趟火车。

老人家叫胡琼群，住在迤姿村，今年 67 岁。从 17 岁那年就开始坐"绿皮火车"往返城市与山村。绿皮火车满载着一代人的记忆，记忆中褪不去的拥挤和希望都在车厢里。胡琼群把家里种的蔬菜在江水里清洗干净，用稻草一把把捆绑好，装在背篓里背到站台，等候绿皮火车的到来。每一次坐火车都是胡琼群最快乐的时光，背篓里的菜可以换成钱，有了钱的胡琼群，除了买生活必需品，也会为自己买一个漂亮的发卡。这些美好都深深烙在了胡琼群的心里。

绿皮火车从金沙江顺江而下，经过迤资、拉鲊、花棚子、新江、师庄，在大湾子金沙江转了一个大弯，江水一路奔腾向东，而绿皮火车则一路向南奔向昆明。从 1970 年 7 月 1 日成昆线正式通车以来，沿线的村民就告别了翻山越岭的出行方式。如今绿皮火车停运了，胡琼群老人为了能坐上最后这趟火车，提前一天就坐火车出来，在城里的亲戚家住了一晚，第二天早早赶到车站买票，再坐这趟列车回家。老人把手里的票拿给我看，虽然只是一张普通的车票，却承载着胡琼群 50 年里最美好的回忆。

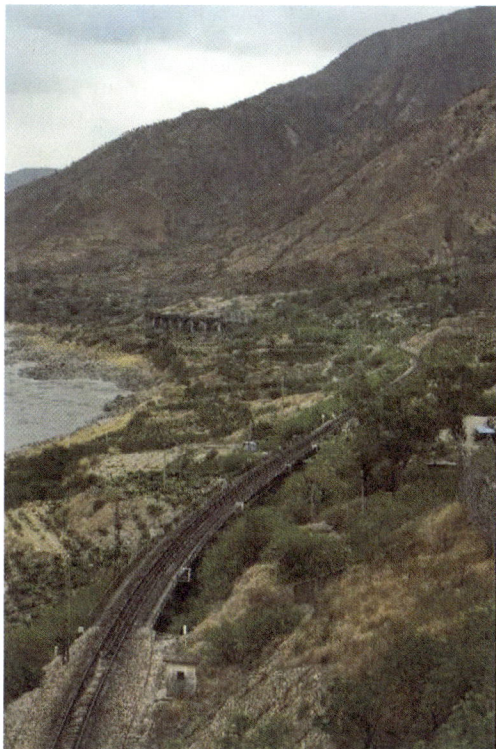

年轻的时候时而和村里的伙伴约好，结伴坐火车到城里，拥挤的车厢，喧闹的坐车人以及看不够的窗外风景，都是胡琼群心里的一个梦。成家后，胡琼群更是背起责任在这趟火车上前行，把家里种的蔬菜、芒果背上火车运到金江售卖，火车轮子转动的声音就是胡琼群心里欢快的歌。坐了 50 年火车的胡琼群，看到熟悉的列车员换了一批又一批，而自己一直都是这趟火车的乘客。最后一次坐 6161 次列车，胡琼群在座位上放声大哭。她说："舍不得呀！这辈子最后一次坐了，还会不会有下一次呢？"听着悲伤的哭声，我找不到安慰的话语，路过的乘务员拍拍她的肩膀说："胡嬢嬢，我记得你，下次想火车了就来元谋坐绿皮火车，我等着你呢！"乘务员的话，让胡琼群再一次放声大哭。

运行了 50 年的列车，在很多年轻人的心里没有概念，他们知道飞机、高铁、动车的速度，却不知这绿皮慢车在我们这代人心里的位置。

后 记

作为一个攀枝花人，从小到大，成昆铁路是出行的必经之路，因为太熟悉，已对此习以为常。那一条紧接一条的隧道、飞跨纵横江河的大桥、高耸入云的巉岩绝壁，都成了旅途中寻常的风景。

直到阳光诗社这个团队决定为纪念成昆铁路建成通车50周年做点什么，才有了4月的寻访老兵之旅。

一

再次踏上成昆铁路，火车一路飞驰，穿越崇山峻岭。

这一次，我们要追寻的是关于成昆铁路自身的往事。这条我们往返过无数次的铁路，显现出了它本来的意义。

在全世界所有的铁路中，中国的成昆铁路可谓地位超然，因为它与美国阿波罗登月、苏联发射第一颗人造卫星一起，成为20世纪人类创造的三项最伟大的杰作。这项杰作由中国自主设计和建造，开创了18项中国铁路之最，13项世界铁路之最。成昆铁路的象牙微雕至今陈列在联合国的展厅。

而此时，我们在成昆线上奔驰。它真实而又抽象。从川西坝子一路向西，穿越横断山脉到达滇中高原，它已与山川融合，成为这片大地上新的血脉。大凉山一步跨千年，攀枝花钢铁基地崛起，西昌卫星发射基地建成。铁路所到之处，一切都被赋予了新的意义，河流、山川、城市、人们的命运得以改写。它超越了战备和交通的功用，而成为一种民族精神的象征。

今年，是成昆铁路建成50周年。

火车奔驰，汽笛长鸣。山谷和之以回音，寂静中有庄严之意。

二

抵达成都，通过铁道兵战友会寻访到一个铁道兵老兵团体。他们大多年过七旬，看上去和普通的老人们并没什么不同。但是，当谈到在成昆线上筑路的往事，他们的眼里有了光，脸上恢复了神采，甚至连腰背都挺直了。那是生命中最刻骨铭心的记忆，半个世纪过去了，他们的胸腔里依然烧着一把火。

全长1096公里的成昆铁路，是建设者们用血肉筑成，用脊梁托举起来的。"为有牺牲多壮志，敢教日月换新天。"约40万人会战成昆线，用生命书写了人类征服自然的神话。

成昆铁路的建筑史就是一部英雄史诗，每一个故事都动人心魄，每一个战士都令人肃然起敬。

杰作、奇迹、神话、脊梁、丰碑……

成昆铁路，我该用怎样的词语来定义你？

三

为纪念成昆铁路通车50周年紧急征稿后，大量稿件迅速汇集起来。在此衷心感谢提供稿件的团体和个人，让这段重要的历史得以重现。

编者在编辑的过程中，常常夜不能寐。

那些稿件是有温度的，特别是老兵们自己撰写的回忆文章，粗朴的文字表达出的感情却是滚烫的。战天斗地的豪情、生死与共的友情、披肝沥胆的忠诚、毫无保留的奉献，炽热的理想主义与英雄主义在革命的旗帜下交织融汇，把血肉之躯炼成了钢筋铁骨。

徐文科在隧道塌方中身负重伤，塌方还在继续，为阻止战友们为抢救他付出更大的牺牲，他抓起石头砸向自己的头颅。

隧道爆破后听出声音异常，为排除哑炮，孙剑明跑在最前面，被深埋在滚滚落石之下。

隧道发生塌方时，向启万一边用肩膀顶住"咔咔"作响的支撑排架，一边高声呼喊战友们赶快撤离，而他却被土石方掩埋。

在蜜蜂箐隧道施工时，连日强降雨导致深夜突然爆发泥石流，46名战士被卷入江中。

丙谷隧道大塌方，铁道兵第五师正在施工的整整一个排的官兵被埋在了那里。

为开凿沙马拉达这条成昆线上最长（6383米）的隧道，352名烈士长眠于此。

……

这些文字，让人颤抖。

通过他们的讲述，烈士不再是抽象的名词，数字背后是一个个年轻鲜活的个体，他们一个个面目清晰：冷长明、廖玉光、朱坚珍、易传福、王世章、赵正海、张保全、李阿斗、曾成海、肖启高……

而他们战斗过的铁路沿线那些隧道桥梁乃至车站也拥有了名字：关村坝隧道、大相岭隧道、九道拐隧道、橄榄坡隧道、乃托展线、长河坝车站、红峰站、柏村站、大湾子站、一线天石拱桥、大田箐大桥、铁马大桥……

因你们而名，这条铁路如此伟大，如此悲壮！它如同这片山水长出的钢铁血脉，与大地相依，与我们的生命相连。

从这里，到永恒。

四

我们在为铁道兵的壮举而震撼的同时，也为铁路职工的默默奉献而动容。

为守护这条"生命线"，戴启宽主动要求到乱石飞滚的大渡河"孤石危岩"工区工作，25年间爬遍工区内所有山崖，给1000多个危石逐一编号，并加以整治。他的3位队友在排险时献出了生命。

章显容30年守望一座山，看住一块石。她每天要背着米、背着水，徒步走过4条隧道，每隔1小时巡视一次线路。一旦发现危石、山洪、泥石流等险情，立即通过对讲机向列车调度部门报告。

对他们而言，坚守在寂寞的高山之巅、铁路沿线，不仅仅是一份工作，更是一种使命、一种责任。此刻，我站在筑路者用脊梁托起的铁路上，接替他们守望生命。风雨的浸润，早已将他们与成昆铁路融为一体。

在他们身后，"铁二代""铁三代"随着改造提速的成昆铁路，一同经受磨砺，一同成长。

编稿之时，我常常心潮起伏。那样的时代已经远去，所幸，那样的人和精神还在我们身边。

五

在编书的过程中，还发生了一段插曲，这本书因此多了"轻吟"这个部分。

其实，我更愿意称它为"绝唱"。

绿皮慢火车6162/1停运和它引发的轶事，或许是时代更迭的必然，却也验证了那份历久弥坚的情感。

5月17日，应大龙潭乡拉鲊村上格达组社长左玉学所邀，我们一行人赶到拉鲊古渡。当时，拉鲊村的村民们自发起来保护经过村里的成昆线上的3条隧道的附属文物，而跟昆明铁路局要对这些文物进行"保护性拆除"的施工人员对峙。82岁的冉正发在隧道口不吃不喝守了两天，才被孙辈们"骗"走。而75岁的黄明英和李华芬等村民轮换着，已经在隧道口守了3天。她反复说："我们就是想留一个念想，这是当年解放军给我们留下的纪念。"

水泥浇筑的五角星浮雕和革命标语，是前进、红卫、花棚子3条隧道独具时代特征的装饰，更重要的是，它寄托了当地村民对铁路和铁道兵的深深眷恋。

黄明英、李朝龙至今记得当年铁道兵修路的情景。这里太偏了，直插云天的高山把村落压在逼仄的江岸，满眼焦灼，唯有一种叫小桐子的灌木四处丛生。李朝龙到大龙潭背粮食，来去各要一天。"山上的盘山公路就是铁道兵第一师来了以后才修的。"

"为了支持修铁路，我们3年没种粮食，把平整的地都让给铁道兵修营房。我天天割草送过去盖房顶，解放军辛苦啊。节日搞联欢，老百姓把鸡、鸭、羊、猪都往军营送。"黄明英沉浸在回忆里，"没有铁道兵修路，就没有我们今天的生活。"

的确，铁路让这个闭塞的小山村里的人走出了大山，多少人的命运因此而改变。

而现在，因乌东德电站建成后，库区水将淹没攀枝花境内的花棚子站至云南境内的元谋站之间几十公里的成昆铁路，所以自2020年5月25日起，攀枝花至元谋段成昆铁路停止运营。曾给这个小山村带来繁荣和希望的这趟"慢火车"也将正式退出历史舞台。

其实，按照文物保护属地管理原则，隧道文物的归属已定。而"慢火车"停运后，拉鲊村民出行唯有一条盘山公路。废弃的金江至花棚子段成昆铁路，还可不可以加以利用呢？

当最后一班"慢火车"驶过迤资，胡琼群流下了热泪。那一声汽笛声，已成为绝唱。

时代一路狂奔，我们总是唯恐落后，却不知遗落了什么。

5月27日，成昆复线米易至攀枝花段贯通。距离2022年成昆复线全线通车的目标越来越近了。又一条钢铁动脉洞穿山水，以更快的速度把我们带去外面的世界。

世界再大，我们最终都会回家。

金沙江畔的轻吟，最终消散于历史的云烟。在这本书里，它留下了痕迹。

或许，这正是本书的初衷：留住记忆，留住根。

袁　晖

2020.5.30